アーナリア・フォン・サイサリシア・ヴェガ
カノン

キャラクター紹介
シェヘラ・ザード
ユリア・フォン・デアデヴォ
リーナ・フォン・ゼファー
アリシア・リリィ・フォン・エルサリス

転生隠者はほくそ笑む❶

住須 譲治

転生隠者はほくそ笑む

CONTENTS

第一話　かくして転生隠者は異世界で目覚める

「……ん……んん？……どこだここは？」

　まどろみから目が覚めた俺が最初に目にしたのは、毎日見慣れている賃貸マンションの天井ではなく、何度もログインを繰り返しているＶＲＭＭＯＲＰＧ『ヴァルキュリア・クロニクル』内の天井だった。

　しかし、よく見るとＶＲではなく実物のように見える。感覚もアバターというより生身のようで、ゲームにはない五感がここにはあった。

　どうやら『ヴァルキュリア・クロニクル』の中ではないようだ。

　とりあえず、やれることをやってみようと思った俺は、『ヴァルキュリア・クロニクル』と同じ要領で、メニュー画面をイメージする。すると見慣れたメニュー画面が目の前に表示される。

　メニュー画面のボタンの配置を確認すると……〝ログアウト〟ボタンがない。画面端に表示されている時計で確認すると朝の五時であった。

　ゲーム内に閉じ込められたのだろうか？　昨今のラノベでよくある状況？　と感じながらも、現実感が希薄でどこか他人事のように思える。

　他に何かないかとステータスを確認すると、おかしなことに気付いた。

全てのステータスの値が『ヴァルキュリア・クロニクル』で使っていたキャラのものと違っていたのだ。

そのとき不意に、メニュー画面に表示されたメッセージボックスに、新着の未読メールが届いていることに気付き、訝しげにメールを開いてみた。

親愛なるカノン　へ

ありがとう、そして、おめでとう。

なんのことかと君は思うだろう。現実味のあり過ぎる見慣れた風景に困惑していると思う。

察しのとおり、この世界は君の生きていた現実世界ではない。極めて近いが限りなく遠い世界に君は今存在している。

以前私が作成したダンジョン育成ゲーム『ダンジョン・シード』を君が周回クリアしてダンジョンのデータを私に提供してくれたおかげで、私、大地神ガイアスは救われた。

その報酬として私は、君が現実世界で生を終えたときに、私が司る世界の一つに招待することにした。

君が今いる世界は『ダンジョン・シード』と『ヴァルキュリア・クロニクル』の世界が相互

に影響しあう並行世界の一つになる。

君のこの世界での能力は、『ダンジョン・シード』をベースにしているのだが、一部だが『ヴァルキュリア・クロニクル』のキャラクターデータを再現して引き継いでいる。

既に君が生きていた世界の〝神〟との取引も終わっているので、君には存分に、この世界で新たな人生を楽しんでほしい。なお、この世界で過ごしやすいように、『ヴァルキュリア・クロニクル』のユーザーインターフェースを取り入れている。是非、今後の生活に役立ててほしい。

ただ、申し訳ないが【不死】は私の権限だけでは与えることはできなかった。この世界では、君がいた世界とは違い、死者の蘇生も可能だ。しかし、現時点で君に、単独の自力蘇生は不可能だ。この世界に【不死】のスキルは存在する。目指すのならば、自力で取得してほしい。

この世界は、君がいた世界と比較すると、殺伐としていて、医療技術も格段に低い。さらに魔物も実在しており、弱い生き物は簡単に死んでしまうから、十分注意してほしい。すぐに君に死なれても、残念ながらもう一度蘇生することはできないので気をつけてくれ。

最後に、現実世界での君の人生は、死を迎えて終わっている。肉体は既に死滅しているので、元の世界には戻ることはできない。

私は君に、使命などを与えるつもりはないから、存分にこの世界を楽しんでほしい。

もちろん、ダンジョン作成は歓迎するので、頑張ってくれ。

追伸　君が寝ている宿屋の部屋には、君がその部屋を退去するまでを条件に、最高レベルの防音と隠蔽の結界を張っておいた。使用を続けるためには宿泊代を支払う必要があるが、拠点として活用することをお勧めする。また、そのためにお金に困らなくなるレアスキルも付与しておいた。

では、君のこの世界での健闘と新たな人生に幸が多からんことを祈る。

大地神　ガイアス

宛名にある〝カノン〟というのは、俺が『ダンジョン・シード』で周回データを引き継いで作成した人族のプレイヤーキャラの名前で、その容姿は黒髪黒目。今の俺自身の姿と同一のものだ。

メールを読み終えた俺は、メニュー画面に表示されているアイテムボックスから、『ダンジョン・シード』で大量に作成していた「アイスミルクティー」を見つけて取り出す。

俺の手元に氷を浮かべたアイスミルクティーが現れ、俺はグラスに口をつけて飲んでみた。

味覚が実装されていない『ヴァルキュリア・クロニクル』では何も感じなかった。

しかし、今感じている冷たい喉越しと口に広がる紅茶の味は、現実（むこう）のものと全く同じ。鼻に伝わってくるベルガモットの芳香は、嗅ぎ慣れたアールグレイのものに間違いない。

体の感触を確かめるために屈伸など各種動作をすると、現実世界と同様に疲労感が生まれる。痛覚も定番の頬を抓るなどの動作で確認した。ここまで証拠が揃うと、最早認めるしかない。

異世界に転移……いや、姿形が元の世界と違うから転生したのだと、俺は実感した。

『ダンジョン・シード』は、大地神ガイアスの命を受けた主人公が荒廃した大地を活性化させるためにダンジョンを造り上げ、運営するゲーム。

プレイヤーは攻め込んでくる外敵からダンジョンの中枢であるダンジョンコアを守りながら、ダンジョンの増築と改修を繰り返し、あらゆる手段で魔力（マナ）を規定値以上収集するのが目的だ。

シナリオは一本道だが、選んだ主人公の種族と職業でゲームの難易度は激変し、特定の組み合わせで特殊イベントが発生する。最終的に目的を達成して、エンディングを迎えた自分のダンジョン構成はテンプレートとしてストック可能で、次回以降のプレイに活用できる。周回プレイが前提のゲームだ。

それに対して、『ヴァルキュリア・クロニクル』は、邪神討伐をグランドクエストとしたＶＲＭＭＯＲＰＧ。他の数多くのＶＲＭＭＯＲＰＧよりも五感が極めて現実に近いのが特徴で、初心者にも使いやすいメニューコマンドのユーザーインターフェイスが支持され、ライト層にも人気だ。

『ダンジョン・シード』をクリアしたプレイヤーならば、各地に点在しているフレイバーテキスト（設定説明文）から『ヴァルキュリア・クロニクル』の舞台が『ダンジョン・シード』の十数年後であることがわかる。

プレイヤーが選べる職種は『ダンジョン・シード』よりも多く、こちらでは「メイン職」の他に「サブ職」を自由に選べる。

最終目標としてグランドクエストが存在するが、それよりも冒険者パーティ、パーティの集団であるクラン間の共闘、対抗戦イベントやクエストが大盛況だ。

私見だが、特に超大型魔獣を討伐する緊急共闘クエストの緊張感と討伐が成功したときの達成感は素晴らしかった。

両ゲームは、時間軸と多少の差異があるものの、世界観の多くが共通している。そのため、開発会社は全く別の会社であるが、同じ開発者が制作したのではないかという噂がある。

この噂に関して『ヴァルキュリア・クロニクル』の運営は、ノーコメントを貫いているため真偽は不明だ。

大きな違いは、『ダンジョン・シード』ではプレイヤーの視点が大地神ガイアス側であるのに対して、『ヴァルキュリア・クロニクル』では、ガイアスと敵対している神――ユピタリス側であることだった。

もっともこれは明言されていない。

俺は、使い慣れた『ヴァルキュリア・クロニクル』のメニュー画面からスキルの項目を選択し、自分の保

有スキルを確認する。

『ダンジョン・シード』と『ヴァルキュリア・クロニクル』には同じスキルがあるが、微妙に内容は異なる。

例えば体術系の武技『正拳突き』。『ダンジョン・シード』ではレベルが上がると敵一体を貫通して後ろにいる敵にも攻撃できるが、『ヴァルキュリア・クロニクル』では、レベルを上げても対象は一体だけで、単純に威力が上がるだけだ。

俺が使えるのがどちらのゲームスキルか、確認しておきたい。

俺の目の前に浮かぶ立体映像ウインドウには、『ヴァルキュリア・クロニクル』と『ダンジョン・シード』で獲得した多くのスキルの大群が、ウインドウに収まり切らず次々に表示されていく。

画面の右端にはスクロールバーが表示され、スクロール部分がどんどん小さくなっていく。

保有スキルの想定外の多さに冷や汗が流れ落ちたが、直ぐに気を取り直して、俺はこの世界で生き残るためにスキルの確認と整理、取捨選択という地味な作業を開始した。

第二話　隠者は異世界での一歩を踏み出す

腹の音で空腹に気がついたときには、外はすっかり明るくなっていた。使用するスキルの選別を集中して行っていたので、時間の流れが思いのほか早かった。

いつまでもこの部屋にいても事態の進展と、必要な情報の獲得は期待できない。

俺はアイテムを無限に収納できるアイテムボックスから「闇の法衣」を取り出す。

この法衣は、『ヴァルキュリア・クロニクル』と『ダンジョン・シード』で魔術職キャラの時に使っていたお気に入りのアイテムで、黒を基調にしている。俺は部屋の鍵を手にし、部屋を後にした。

「おや、ようやくお目覚めかい？　朝食がいるなら別料金になるけれど用意するよ。どうする？」

二階にあった部屋から階段を下りたところで、カウンターで作業をしていた女将に声をかけられた。

「ああ、頼む」

「毎度あり。できたら運ぶから、あっちの酒場の空いている席に、適当に座って待ってな」

まだこの世界の実物の料理を目にしていなかった俺は、差し出されたメニューの中から料理を選んで、女将に料金を支払った。

酒場の空いている席に座った俺は、メニュー画面の内容に驚愕していた。

（んん？……なんだと？）

所持金の表示がＭＡＸである９９９，９９９，９９９Ｇに戻ったのだ。俺は想定外の出来事に激しく動揺した。

金銭の遣り取りは『ヴァルキュリア・クロニクル』のときとは違った。

財布と思しき袋が手中に現れ、その中に必要な料金――料理の代金分ピッタリの貨幣――が入っていた。

俺は少し驚いた。しかしそれよりも、メニュー画面に映る所持金が９９９，９９９，９９９Ｇに戻ったことに驚いたのだ。

これがガイアスの手紙にあった金に困らないスキル【黄金律（ＥＸ）】なのかと俺は感嘆した。

『ヴァルキュリア・クロニクル』や『ダンジョン・シード』でも【黄金律】というスキルは存在していた。

スキルには任意発動のアクティブスキルと、取得して条件を満たすことで発動するパッシブスキルに大別される。

その多くにはランクが設定されているものがあり、【黄金律】はランク設定されているタイプのスキルだ。

獲得資金が一〇％増加するＣから始まり、二五％のＢ、五〇％のＡ、一〇〇％のＳ、二〇〇％のＳＳとランクが上がるにつれて増加率も上がっていく。

ちなみにランクの上昇には、スキルの熟練度の修得が必須だ。さらに、スキルの最高ランクは種族ごとに上限が決まっている。人族の場合、商人職の最上位クラスでも【黄金律】で獲得できるのはＳランク止まりだ。

それを考えれば、俺の所持しているスキル【黄金律（ＥＸ）】は、効果自体も本来の設定から大きく逸脱している。

俺はこれ以上考えても無駄だと割り切り、この状況を最大限に活用すべく思考を切り換えることにした。

料理が来るまでに、メニュー画面の機能をいろいろ試してみる。残念ながらメール機能は、ガイアスからの一方通行のみのようだ。こちらからガイアスへメールを返信したが、エラーが発生して送ることはできなかった。

メール機能を含むユーザーインターフェースは、元の世界でのMMORPGとしてはオーソドックスなものだ。しかし、中世ヨーロッパを彷彿とさせるこの世界では、とてつもなく異質な代物だ。もっとも、この機能を使用できる相手がいないので、コミュニケーションツールが全く役に立たない。

そう考えている内に給仕係が料理を運んできた。

結論から言えば、宿屋の料理は不味くはなかったが、美味くもなかった。

他にも客がいたのでそれとなく彼等の頼んだ料理を見てみたが、俺の頼んだものとほとんど変わらなかった。

メニュー内容は豆とほんの少しの肉を、塩と香辛料で煮込んだスープと堅いロールパンだった。ロールパンは、スープを染み込ませなければ歯が折れるのではないかと思えるほど堅い代物だ。あとは大雑把にカットされた果物の林檎がデザートとして出された。

俺は宿の料理を頼むのをやめ、自炊して早急に食事内容を上げることを心に決めた。

食事を終えた俺はまず、冒険者ギルドへ向かった。どうやら冒険者ギルドの設定は『ヴァルキュリア・クロニクル』のものが踏襲されているようだ。
ギルドの役割は大多数のMMORPGと同じで、住民達からの依頼を斡旋する所であり、冒険者の情報交

換の場でもある。

俺の当面の拠点――エルサリス王国の首都エルドリアには、冒険者ギルドのエルサリス王国本部があり、一定以上の人々が集まる所には、支部が置かれている。冒険者ギルドは、超国家機関として存在していて、文字どおり国家間を超え、全て背後で繋がり、有事の際は、国家間を跨いで連携することもあると言われているが、ギルドの連携に関しては、両ゲームでは明らかにされていない。

プレイヤーにとってのギルドの存在は、ゲーム毎に違っている。

『ダンジョン・シード』では、属すか属さないか等によって敵対したり、味方になったりと少々複雑な存在だ。

一方、『ヴァルキュリア・クロニクル』では冒険者ギルドへの加入は強制イベントで不可避だ。プレイヤー自身でクエストや依頼をテンプレートフォームを使って発行することも可能だ。

ちなみに冒険者ギルドの総本部の場所は、ギルドの上級幹部と各支部のギルド長しか知らない。『ヴァルキュリア・クロニクル』や『ダンジョン・シード』でも明らかにされていなかった。

攻略サイトや交流掲示板では様々な憶測が飛び交っていたが、誰一人として総本部を見つけることができなかったため、『ヴァルキュリア・クロニクル』では未開エリアにあるとされていたし、『ダンジョン・シード』では、舞台である王国ではなく、他国にあるのではということで議論はひとまず収束していた。

宿屋から出た俺は、看板を目印に進み、街の南北を縦断している中央大通り沿いで一際大きな建物を目指す。この建物が冒険者ギルドだ。

ギィイという音ともに開いた扉をくぐり中に入ると、左が受付カウンターと素材の買取所、右は併設されている酒場、中央奥には二階に繋がる階段が見えた。

早速、冒険者登録をしようと受付を探すと、分かりやすい館内案内図もあり、俺はすぐ見つけることができた。

受付窓口は三つあったが、二つの行列ができていて、右列には男性の冒険者達が、左列には女性の冒険者達が並んでいた。

右列の先頭には、赤毛が特徴的な美女が受付をしていて、花が咲いたような営業スマイルを浮かべながら応対している。もう片方の列の先頭は、亜麻色髪の美男が爽やかな笑顔を浮かべて女性冒険者達に対応している。

右でも左でもない真ん中の受付窓口は、担当しているのが黒髪をオールバックにした強面のおっさんで、その正面には誰一人も立っていない。

メニュー画面に表示される会話ログから、どの冒険者達も受付担当の美女と美男の興味を惹こうとしているようだった。

実に分かりやすい下心丸出しの状況に呆れつつ、俺は時間が惜しいので、人気のない真ん中の窓口に向かった。

「……見ない顔だな。依頼か？　それとも登録か？」

「ああ、ここに来たのは初めてだ。冒険者登録をしにきた」

俺の返答に、窓口に鎮座するおっさんは短く「そうか」と答えつつ、無駄のない流れるような動きで登録用紙とペンを出してきた。

「ほらよ、この紙のここに名前と職種、その下の枠には、任意で記入してくれ……で、お前はなんで横の美女の列に並ばなかったんだ？　登録するなら儂のような親父よりも美女にしてもらった方が嬉しいだろう？……ああ、そっちの趣味があるなら男の方でもいいが」

おっさんは大雑把な記入説明を終え、興味深そうに俺に尋ねてきた。

「俺がここに来た目的はギルドに登録して仕事をするためであって、異性を口説きに来た訳じゃない。確かに隣の彼女は美人で、あっちの男はイケメンだ。けれどもここは冒険者に仕事を斡旋する冒険者ギルドだろう？　違うのか？」

俺の返答に意表を突かれたのか、おっさんは一瞬きょとんとし、次の瞬間笑い声を上げた。

「はっはっは。確かにそうだ、お前の――カノンの言うとおりだ。ここはエルサリス王国の冒険者ギルド本部だよ。イイ男やイイ女がいても口説く場所じゃあないな！」

おっさんは俺の答えの何が気に入ったのか、周囲の冒険者達にあえて聞こえるように、大きな笑い声でそう言った。

笑い声に驚く冒険者に応対している受付担当の二人は揃って苦笑いを浮かべ、慣れた動きで応対を再開する。

「おっと、自己紹介がまだだったな、儂の名はガーランド。この冒険者ギルドのしがない所員だ」

口角をつり上げながらおっさん――ガーランドは名乗って握手を求めてきた。しかし、俺はそれには応えない。

「申し訳ないが、初対面の相手に気軽に握手をする習慣は俺にはない」

「ほほう、なかなか警戒心が強いんだな」

「……ただ単に臆病なだけだ」

ガーランドは俺の応えに気を悪くせず、俺の返答に笑みを深めていた。

「それじゃあ、退屈かもしれんが規定なんで、冒険者ギルドの説明をするから場所を変えるぞ」

ガーランドはそう告げると、『離席中』と書かれた札を立てて、座っていた椅子から離れ、俺を先導して二階にある個室に案内した。

「この個室は防音の結界が張ってあって、競争相手になる同業者に手の内を曝(さら)すのを防ぐ意味合いもある。個人で自分が何をできるかをまわりに教えたり、法に触れずに他人の能力を調べる分には、ギルドはとやかく言わん。とりあえず、座ってくれ」

俺が移動した理由を問いただす前に、苦笑いと共にガーランドが答えた。

ガーランドはギルドのランクと身分証明書になるギルドカードについて説明してくれた。

❖　❖　❖

ギルドのランクは頂点のEXからSS、S、A、B、C、D、Eの八種類ある。

Cランクから始まるスキルと違い、初回入会時のギルドのランクはEから始まる。

最高ランクのEXは魔神討伐を成功させるなど世界救済レベルの偉業を達成しない限りなれないそうだ。

SSにしても過去、両手で足りる人数しか存在しないとか。

ランク毎に、受注できる依頼の〝数〟が決まっており、依頼自体にもランク付けがある。昇格するには条件があり、それを満たすことで自動的にギルドカードが更新されて昇格できる。

しかし昇格には、個人の総合的な能力がベースとなるが、これにこなしたクエストの数と種類、さらに地域貢献度も加味される。

俺はなるつもりはないが、ギルドランクA以上の昇格は複数のギルド長の認可が必要で、Sランク以上ではギルドマスターの承認がないとなれないとのことだった。

例外的に各支部のギルド長の権限によってランクを飛び超えて昇格することも、レアケースだがあるとのことだ。

ギルドカードについては、古代文明の技術を使っているとガーランドは説明したが、実際はどういう原理で動いているかは分かっていないとのことだ。

恐らく、この〝ギルドカード〟は、『ヴァルキュリア・クロニクル』に存在していたものと『ダンジョン・シード』のシステムが混在した結果、生じた摂理（システム）だろうと、俺は考えている。

ギルドカードは持ち主の血を一滴垂らすことで持ち主登録を完了し、以後は念じることで取り出すことができるようになる。

持ち主以外に渡してもカードの情報は固定され、一定長時間持ち主の手を離れると霧散する仕組みになっている。ちなみに一度に作り出せるカードの枚数は一枚のみ。

　この世界のギルドカードは、血を一滴垂らすというシステム以外『ヴァルキュリア・クロニクル』と同じ機能なので、使い慣れている俺は使用に関して違和感がなかった。

　他にも〝パーティ登録機能〟と〝パーティーメンバー間で使えるコミュニケーション機能〟があるはずだが、現状ぼっちの俺には無用の長物だと理解しているのか、ガーランドの説明からは、その説明が割愛されていた。

「お前の職業は魔術師系だから、最初は比較的安全なポーションの材料になる『薬草採取』の依頼を地道にこなして、ＥからＤに昇格したらパーティを組むのがいいだろう。くれぐれも無茶して死なないように頑張ってくれよ。

　そうそう、もし、外で不幸にも死んじまった同業者（おなかま）がいたら、そいつのアイテムは発見者の物になるんだが、遺品の買取りもギルドが仲介して行うから、そういう機会があったときは頼むぜ」

　そう告げながら強面に笑みを浮かべたガーランドに、俺は見送られた。

　部屋を後にした俺は早速、『薬草採取』の依頼を受注した。そして、街で準備を整えた俺は目覚めた宿屋のあるエルサリス王国の王都・エルドリアの外に足を踏み出した。

第三話　隠者は己を知り、この世界での異質さを思い知る

受注したクエスト『薬草採取』の目標は『ヒールハーブ』という薬草だ。

ゲームの『ヴァルキュリア・クロニクル』でも「薬草採取」のクエストは存在する。

平原に囲まれた王都・エルドリアの北に、かつては多種族国家イスタリア連邦王国の領土だった森があったが、局地戦でエルサリス王国が勝利して手に入れた草原がある。ここには実はひっそりと『ヒールハーブ』が群生している。

『ヴァルキュリア・クロニクル』でそこは採取し放題だったため、「薬師（メディスト）」や「錬金術師（アルケミスト）」、「治癒師（ヒーラー）」といった薬剤を使うクラスの穴場になっていた。

この情報がこの世界でも正しければ、俺は安定的にポーションを自作できるようになるので、情報の真偽を確かめることが、今回の目的の一つでもある。

王都・エルドリア近辺や街道に散在している草地に『ヒールハーブ』は生えているというのが、エルドリアで得られる情報の限界だった。

しかし、そこを回るのは極めて効率が悪い。王都近くに散在している草地は、既に他の人間が刈り取っている可能性が高い。そのため俺は前述した群生地に向かっている。

俺が目指す目的地は、徒歩だと片道で一日半を要する距離にある。

幸い今回の依頼に期限は設定されていない。依頼主に理由を確認したが、俺が受注した依頼の目的は、予備のポーションを作成するためとのことだった。

『ヒールハーブ』の提出数は最低六つ。『ヒールハーブ』が二つでポーションができるので、都合ポーション三つ分の量を安全に用意する必要がある。

ちなみに提出数が六つ以上の場合は、二つずつ個数が増える毎に、報酬の金額が加算されることを依頼主に確認した。


閑話休題。

しがいない所員と自己紹介していたガーランドだが、その実力は生物、非生物を調べることができる俺のスキル【鑑定（SS）】で確認済みだ。

熟練度が（SS）であるため、俺が鑑定を失敗することはまずないし、仮にスキル【偽装】でステータスを誤魔化されても看破できる。

肝心のガーランドのギルドランクはS。俺が調べた限り、それ以上の実力者は冒険者ギルドの建物内にいなかった。ステータスにも表記があったので、ガーランドが冒険者ギルド　エルサリス王国本部のギルド長だ。

向こうも俺に断りもなく【鑑定（A）】を使って俺のステータスを覗こうとしてきていたので、おあいこだ。犯罪に走らなければと言っていたが、ひどい食わせ者だ。

もっとも、俺はスキル【偽装（ＳＳ）】で偽装した情報をガーランドに掴ませている。ガーランドの反応を見る限り、冒険者ギルドの職員でもギルドカードの詳細までは確認できないようだ。

俺は周囲——近くを徘徊している魔物や人、冒険者（どうぎょうしゃ）がいないか——を確認してから、辿り着いた目的地である『ヒールハーブ』の群生地へ足を踏み入れた。

ゲームと違って五感が正常に機能しているから、草の臭いに辟易（へきえき）しながらの収穫になるかと俺は思っていた。しかし、実際は視線を『ヒールハーブ』に向け、メニューコマンドに表示された［入手］を選択すると、アイテムボックスに『ヒールハーブ』が入る。

このやり方に気づいた俺は、収穫した場所に再び『ヒールハーブ』が再配置（リポップ）するのか目印をつけ、手っ取り早く九個の『ヒールハーブ』を収穫する。

ここで入手した数は合計で十個。アイテムボックスの中にある『ヒールハーブ』は元々入っていた分を合わせて九九〇個だ。最低限の依頼分を差し引いても充分すぎるぐらい余る。

俺はこの中から、収穫した依頼分とは別に、アイテムボックス内から十個余剰に提出し、合計二〇個の『ヒールハーブ』を提出するつもりだ。

俺が遠出をしたもう一つの理由。それは自分の能力の把握だ。

ステータスを見る限り、俺は単純な筋力の大きさを示す「力」を始め、全ての項目がカンストしている。

力の強さと魔術の威力が、どれぐらいであるかを把握する必要がある。

俺の存在は考えるまでもなく、この上なく異質なものだ。存在を知られれば俺の実力を知って利用しようとする輩が出てくるだろうが、いいように利用されるつもりはないので、俺の情報は極力他者には知らせない方針だ。そのためにはまず、自分で自身を把握する必要がある。

『ヒールハーブ』の群生地を出て、俺は手頃な獲物兼、今晩の生贄(おかず)がいないか［マップ］を確認する。

すると、水牛に似た大きな角をもつ牛型の魔物・アクアバッファローの集団がのんびりと雑草を食べているのを見つけた。力試しにしても、倒して得られる食材としてもいい獲物だ。

俺は周囲に他の魔物と冒険者(どうぎょうしゃ)がいないか［マップ］で確認してから、手近に転がっていた手頃な大きさの小石を拾って、こちらに背を向けている一体――成体のアクアバッファロー――へ目掛けて、軽く手首のスナップだけで『小石』をスキルで【投げる】。

ヒュウンッ…ビシッ、ビシッ、ズズンッ……フォオン。

……【投げる】で飛んでいった『小石』がアクアバッファローの尻に命中した。予定では怒ったアクアバッファローが俺に向かって『突進』してくるはずだったのだが、『小石』がアクアバッファローの体を貫通して、そのまま直進していき進行方向にあった大木に命中した。

生物から死体という物になったアクアバッファローは、何もできずに力無く音をたてて地面に倒れこんだ後、ギルドカードの機能で光に包まれて掻き消え、転送音と共に俺のアイテムボックスへ収納された。

この倒した敵の自動回収機能は『ヴァルキュリア・クロニクル』のギルドカードがもつ機能の一つだ。

今いるこの世界のギルドカードでも、倒した魔物の死体とドロップアイテムを収納する設定があったので、

『ヴァルキュリア・クロニクル』で設定したときと同じ方法で試してみたところ……できた。

『ヴァルキュリア・クロニクル』での機能が、今いるこの世界でも通用するのか半信半疑だったため、実際に魔物を倒して検証してみた訳である。

結果は御覧のとおり大成功。実は『ヴァルキュリア・クロニクル』でもこの便利な自動回収機能の存在は意外と知られていない。

『ヴァルキュリア・クロニクル』と同様だったことがもう一つある。

今いるこの世界のモンスター図鑑によると、魔物のドロップアイテム――特に希少価値の高い物――は時間が経過するにつれて劣化し価値が下がったり、使い物にならなくなるという。回収に制限時間がある物も少なくない。

故に、俺の持つ『ヴァルキュリア・クロニクル』に準じたギルドカードの機能を使えば、希少なドロップアイテムが出たときに、回収漏れを防ぐことが可能になるのだ。

それにしても【投げる】はレベル設定で加減ができないアクティブスキルなので、俺は殺す目的で物を投擲しないときは、過剰ダメージを与えてもＨＰを１だけ残すパッシブスキル【手加減】を有効にすることにした。

俺が一頻(ひとしき)り牽制攻撃で目標を瞬殺してしまったことを自省していると、仲間を倒されたことに気がついたアクアバッファローの群れが、俺を敵と認め、一様に殺気を向け、集団で【威嚇】してきた。

ただの低ランク冒険者であればパーティであっても、この数、この状況は死地だ。即撤退して逃げ切れなければ命がないシチュエーションだろう。

しかし、生憎、俺はただの冒険者ではない。

『威嚇』のお返しに俺は、最も近くで『威嚇』しているアクアバッファローに向かい、【火魔術】の初級魔術──人差し指から火の玉を射出するため、多くのプレイヤーから、「『ヴァルキュリア・クロニクル』のメ○」と揶揄される──『火弾（ファイアバレット）』を放った。

オレンジ色が混ざり、小石ぐらいの大きさの赤い火の玉が、目標と定めたアクアバッファローに飛んでいって着弾。

その直後にアクアバッファローは激しい勢いの業火に包まれて、断末魔をあげる間もなく消し炭になった。

〝Ｏｖｅｒ Ｋｉｌｌ！〟というポップアップが、先ほどまでアクアバファローがいた場所に表示されているが、火弾（ファイアバレット）を直撃したアクアバッファロー自体の姿は、影も形も残っていない。アイテムボックスを確認したが、何も回収されなかった。

さらに、俺のユーザーインターフェイス内のログウィンドウには「アクアバッファローを〝オーバーキル〟した」と表示されていた。

……まさか「メ○ゾーマではない、○ラだ！」を実演できるとは……いやいや、感慨に耽っている場合ではない。初級で最弱のはずの魔術『火弾（ファイアバレット）』でこの威力とは、完全にチートの域だ。

たしか、『ヴァルキュリア・クロニクル』で全ての魔術攻撃系のステータスをカンストさせた廃人プレイヤーの魔術師系最上位の極天魔導師（アークメイジ）であっても、アクアバッファローを〝オーバーキル〟することは、たとえ〝クリティカル〟であってもできなかったと、掲示板で話題になっていた。

俺の放った『火弾（ファイアバレット）』は、ドロップアイテムが出ない〝オーバーキル〟の扱いになってしまった。今回はドロップアイテムとアクアバッファローの肉が目的なので、ある意味大失敗だ。

攻撃対象の最大HP以上のダメージを一撃で与えて倒すと〝オーバーキル〟となり、経験値を通常の二倍で入手することができる。

しかし、そのデメリットとして、ドロップアイテムは一〇〇%入手できなくなる。現在レベルも過剰に上がって、食材として狩る気でいる俺にとっては嬉しくない状況だ。

突然あがった業火にアクアバッファローたちは、本能で火に怯えていたが、俺に対する敵意(ヘイト)がさらにあがったようで、次々と俺に向かって、鋭く尖った大きな角を向け『突進』をしてきた。

「おっと、危ないな……」

俺は【風魔術】の補助魔術『舞空(レビテーション)』を使って、上空へ退避した。眼下を物凄い勢いで突っ込んできたアクアバッファローの集団が通過していく。

その間に俺は、メニューコマンドで次に試す【氷魔術】の設定レベルを、最低レベルのCに変更した。レベルが設定されているスキルに関しては、レベル調整することで威力の調整が可能だ。

魔術類のスキルはスキルツリーで系統毎に分類されている。大項目のレベル変更は、その下位の小項目にも反映されるので、今回は手っ取り早く【氷魔術　C】という形で一括変更する。

俺は『舞空』を一時的に解除して地上に着地した。そして、方向転換し、再び俺に向かって『突進』するアクアバッファローの群れの先頭の一体に、【氷魔術】の初級魔術『氷刃(アイスブレード)』を三連続で放ち、アクアバッファローの特徴である大きな角二本と、首を斬り落とす。

次の瞬間、絶命したアクアバッファローの巨体が、俺に切断された角と首と共に、俺のアイテムボックスに収納された。

〝オーバーキル〟にならないのを確認した俺は、襲い掛かるアクアバッファロー三体を、再び『氷刃』で倒し、他の【雷魔術】や【風魔術】、【土魔術】などの属性魔術の試し撃ちも行った。

その途中で戦意を喪失して逃げ出すアクアバッファローが出始めたところで、俺は向かってくるアクアバッファロー以外は、あえて見逃した。

理由は単純で、アクアバッファローは野生で幼体がいることからもわかるように、成体が再出現で補充されないタイプの魔物――交配だけで増えるタイプの魔物――だからだ。

ゴブリンとオークなどのタイプの魔物は再出現と交配で増え、悪霊などは根元を絶たない限り、再出現するタイプの魔物に分類される。

下手に狩り過ぎるとこの地域に生息しているアクアバッファローが全滅しかねない。ここがゲームと現実が混ざった厄介なところだ。

魔術の試し撃ちから俺が得た結論は、いずれも一番下のCレベルの初級魔術で、既に並の中級魔術に匹敵する威力。Bでは上級魔術。Aで最上級魔術だと推測した。

さらに、SとSSがあるが、Aにした段階で〝オーバーキル〟表示が出始め、Sからは、単体を対象とするの魔術が、効果範囲を複数体に広げ、魔物をまとめて葬っていた。

通常のゲームであれば、どんなに頑張っても初級魔術の威力は、レベルSまで上げて初めて中級魔術に匹敵する威力になる程度だが、効果範囲が拡がることは、俺が知る限り、『ダンジョン・シード』と『ヴァルキュリア・クロニクル』のゲーム上ではなかった。

〝オーバーキル〟もレベル上げの必要性がない現状ではむしろマイナス要素でしかないので、よほどの強敵と遭遇しない限りは、全魔術のレベルを最も低いCレベルに設定しておこう。

狩りを終えて俺は王都への帰途に就いた。

しかし、その日中に、徒歩で戻るには距離があり、また徒歩以外の手段で帰れば、目立つ可能性もでてくるため、俺は大人しく野営して、明日王都に戻るようにした。

防音、防風、消臭、さらには索敵と物理・魔術防御の効果をもつ『万能結界』を張って安全地帯を確保し、俺はアイテムボックスから『テント』を取り出した。

配置場所を指定すれば完成した状態のテントが設置される。

片付ける際も、テントの中に何もない状態にしてアイテムボックスに収納するだけという、元の世界のものと比べてとてつもなくこの世界の『テント』は便利だ。

俺は他にも『コテージ』などの設置型宿泊アイテムも持っているが、今は俺だけなので『テント』で充分だ。

今日狩ったアクアバッファローをスキル【解体】で捌き、井桁（いげた）を作って火をおこし、『金網』を熱して、バーベキューにした。

調味料は、『ダンジョン・シード』をプレイしていたときに作った各種ソースと醤油を使った。一応、【鑑定】で無害であることを確認しているから体に悪影響はないのだが、なぜか忌避感が出てきてしまった。

しかし、アクアバッファローの肉は美味かった。一人では食べきれない量の肉を確保できたので、折を見て、今度はステーキやハンバーグを試すことを心に決めた。

そこで俺が、チート能力に加え、この世界にない元の世界の知識を持っていること自体が、この世界でどれほど異質な存在であるかと思い至った。

第四話　隠者は強制依頼を引き受け、王都の風俗事情を知る

「ここが問題のゴブリンの巣（ネスト）となっていると言われている洞穴か……」

俺は今、森の木々に囲まれた小高い丘にできた洞穴の前で、独り佇（たたず）んでいる。

いつも装備している『闇の法衣』や魔導師系の装備ではなく、真昼間から不審者感全開の全身黒ずくめの装備で。

今の俺の姿を見たら、誰が俺の職業（クラス）が魔術師系最上位の一つである〝隠者（ハーミット）〟と思うだろうか。

洞穴に入る前に【声色偽装】と【全状態異常耐性】の特殊効果をもつ『黒頭巾』を頭に被る。

体には『闇の法衣』よりも動きやすさを重視した【隠蔽】と【認識阻害】、【戦速上昇（S）】の効果をもつ『黒装束』だ。

なぜ、俺がこの〝推定ゴブリンの巣〟へ単身突入する破目になったかというと、アクアバッファローの群れを壊滅させたため、ギルドランクがCに上がってしまったのが原因だ。

王都・エルドリアに戻り、依頼達成の報告をして、アクアバッファローの余剰素材を買い取ってもらおうとしたときに、ランクがCになっているのが発覚。ギルド長の執務室に連行されたのだ。

「それで、お前はもうランクがCに上がったのかよ……」

エルサリス王国の王都・エルドリアにある冒険者ギルドのギルド長の執務室で、呆れの混じった声でギルド長・ガーランドが俺に言った。

この部屋には俺とガーランドの他には受付窓口にいた美人の受付嬢しかいない。

野営してアクアバッファローのバーベキューを堪能した翌日の昼に俺は王都に戻った。
王都の入口で身分証である『ギルドカード』を門番に提示したときに、なぜか門番は怪訝な顔をしたが、俺はさっさと依頼達成の報告と、アクアバッファローの食用肉以外の素材を売却するために冒険者ギルドに向かった。
三つの窓口の内、ガーランドが座っていた中央は閉まっていた。しかし、運がいいのか、先日のような長蛇の列はなく、美人受付嬢の窓口の方が空いていた。
俺はそちらに並んで、提出物の『ヒールハーブ』と処理のために俺のギルドカードを渡したところ、受付嬢は一旦確認のため離席すると俺に断って、奥に引っ込んだ。

彼女が戻ってきて、ギルド長の執務室に来るように言われ、俺は二階へ案内された。

そして、ギルド長の執務室で高価そうな椅子に座って、書類に埋もれるガーランドと再会し、前述の言葉を言われたのだ。

ガーランドは、自分の頭の生え際が後退し始めている髪を乱暴にガシガシと掻いて、手に持った書類に目を通して、俺を一瞥した後、

「カノン、お前には悪いが、冒険者ギルドの指名依頼を受けてもらうぞ」

俺にどこか疲れた様子でそう告げた。

「……拒否権は？」

唐突な話でどことなく嫌な感じがしたので、俺は回避しようとした。

「悪いがよほどの理由がない限り認められない。依頼元がよりにもよってギルドマスターになっている。拒否するならば、ギルドメンバーとしての資格を剥奪すると但し書きが書いてある。……これがその依頼書だ」

そう言って、ガーランドが手に持った書類を渡してきたので、俺は受け取って、目を通す。

内容は、王都からおよそ徒歩一日の距離に村があり、その近くの森林地帯の奥の小高い丘に、ゴブリンの巣と思われる洞穴が発見された、とあった。

幸いなことに、村にはまだ被害は出ていない。しかし、その森へ依頼で立ち寄った冒険者が戻っていないらしく、まずは調査し、しかる後に討伐隊を組んで殲滅をするという内容が書かれてあった。

さらに、なぜか俺を名指し指定して、『単独で、ゴブリンの巣と思しき洞穴を調査させ、成否は問わない

が、拒否するならば登録を抹消する』という理不尽な但し書きがあった。

冒険者ギルドはこの世界のほとんどの国と街に拠点をもつ超国家機関だ。

冒険者ギルドが発行する『ギルドカード』以上にデメリットが少ない身分証はこの世界にない。俺は、それを失うわけにはいかないので、依頼を受けざるをえなかった。

「まあ、そう落ち込むな。あくまで依頼は〝討伐〟ではなく、〝調査〟だ。最低限、洞窟の規模とそこをねぐらにしているゴブリンどもの大まかな数を確認してくればいい。そこに書いてあるようにヤバそうだったら、逃げても問題ないぞ。命あってのものだからな」

そう言ってガーランドは慰めてくれた。俺は受付嬢が淹れてくれた温かい紅茶を飲み干して、この依頼を受けることを告げたのだった。

という経緯の下、俺は冒険者ギルドの指名依頼［ゴブリンの巣の調査］の依頼を引き受けた。
王都出発前に俺は、そろそろ溜まった性欲を王都にある娼館で発散しようとしたのだが、全ての娼館を回ってそれを諦めた。
理由は気に入った娼婦がいなかったのに加えて、衛生面でとても不安になったからだ。病気をもらうのは勘弁だ。魔術で治療できるだろうが。
王都に店を構えているのだから、どこぞの物語のようにお貴族様のお忍びを考えて、その辺にも気を遣っているものだろうと思っていた時も、俺にはあった。

しかし現実は非情で、金持ちの貴族達は、娼館に通わずに奴隷商から見目麗しい奴隷を直接購入し、自分の屋敷や別邸、もしくは街に一軒家を買って、そこで楽しむそうだ。そのため、必然的に娼館で働く女性達は貴族にお持ち帰りされないレベルの売れ残り。

つまり、良くて並の容姿の奴隷が奴隷商に残り、娼館に流れるのはそういった奴隷ばかりだった。

美女・美少女の奴隷は、運よく貴族に買われなくてもその分値が張るので、経営が厳しい娼館ではまず手が出ない。

以前、一発逆転を狙った商人が金をためて美少女奴隷を買い、自分の経営する娼館で働かせていたことがあったそうだ。

しかし、他と一線を画す美しい娼婦に客が殺到しない訳がない。その結果他の娼婦は売れず、人気の娼婦になった奴隷も体力は有限なので、結果的に売上げが下がり、赤字になってしまったとか……。

そういった話があったものの、一応、俺は娼館を覗いてはみたが、厳しい容姿の面子しかいなかった。自分に【幻惑魔術】を使うことも考えたが、虚しいので止めた。

念のため奴隷商に行ってみた。しかし、ここでも当てが外れたため、今回は見送ることにして、一仕事終えた後に本格的に奴隷を購入することを心に決めた。

俺が気落ちして帰ろうとしたところで、奴隷商の店主が奴隷オークションの話をしてくれた。

なんでもこの店は、奴隷オークションの協賛店だから十日後に開催予定である奴隷オークションに俺を招待すると言ってくれた。

店主に拠点にしている宿屋を教え、招待状を届けてもらうよう頼んで俺は店を出た。

翌日、気分を入れ替え、依頼に取り組むことにした俺は、まず問題の洞穴に最も近い村・ファーレで情報収集を開始する。

集めた情報をまとめると、ランクDの冒険者の集団（パーティー）三つが、合同で定期的に発生する「森の魔物討伐」の依頼でファーレ村を拠点に数日間活動していた。その討伐対象とは、森の樹木に死者の思念が憑依して魔物化した「トレント」だ。

ランクDの冒険者集団（パーティー）であれば難なく倒せる相手。しかし、討伐最終日に一つの集団（パーティー）が帰って来なかった。

合同で依頼を受けた場合、依頼達成の報告は全員で行う規則がある。

残った集団（パーティー）が失踪した集団（パーティー）を捜索する過程で、ゴブリンの目撃情報が複数あがり、その後ゴブリンの巣となっている洞穴を発見する。

二つの冒険者集団は、村人にギルドへの報告を頼んだ後、失踪した集団（パーティー）の安否の確認と、ゴブリン討伐のために洞穴に向かったが、誰一人として帰ってこなかったらしい……。

ファーレ村からの連絡を受け、事態を重く見た冒険者ギルドは直ぐに「調査」後に「討伐」という二段構えで動く。

「調査」がなぜ俺一人なのかは未だに解せないが、反論できる立場ではないので仕方ない。

俺は有益な情報の取りこぼしがないのを確認して、村を後にした。

第五話　隠者は宿命の王女たちと邂逅する

洞穴の中はやはり陽の光が射さない暗闇の空間が広がり、何も用意していない人族では行動に支障が出るレベルだった。

俺はスキル【暗視】があるので、暗闇でも昼間のように洞穴の中を見通すことができる。

ゴブリンが仕掛けている罠を警戒し、【罠感知】と【罠無効】もつけている。さらに、『ヴァルキュリア・クロニクル』のマップ機能のおかげで、洞穴の分岐が何処に繋がっているかが分かる。

魔物や生物がいる場合はマップに名称とＨＰ・ＭＰが表示されるので、この依頼は難なく終わる……はずだった。

襲い掛かってくるゴブリンたちを蹴散らし、一階を踏破して、下に続く階段らしきものがあったので、俺は警戒を維持しつつ、下の階へ移動した。

周囲の安全を確認して、マップを確認したところで思わず目を疑ってしまった。

俺はアイテムボックスから『目薬』を落ち着いて取り出し、両目に点眼後、もう一度マップを見直した。

マップには、直進した先の角を左に曲がった先で、『アリシア』と『リーナ』と表示されている二人の人族がゴブリンの集団に包囲されていると表示されていた。

魔術師（ソーサラー）であるアリシアはMPがゼロになっており、姫騎士であるリーナは残りHPが二割をきり、二人とも徐々にHPが減少している。

俺は即座に二人を助けることに決め、いつでも抜けるように両腰に佩いていた二本の短剣を、両手に装備して【移動速度上昇（SS）】の効果が付与された『雷神の靴』で駆け出した。

辿り着いた先で俺が目にした光景は、アリシアとリーナが背中合わせに立ち、手に持った武器でゴブリン達を牽制している。

二人とも着ている衣服が所々損傷して破れ、血が流れている。さらにリーナは装備している軽装鎧の数箇所が破損していた。

俺はダッシュの勢いを殺さずに、目の前に迫った邪魔なゴブリンへ、右手に持っている短剣『ゴブリンイーター』を振り下ろして両断する。

続いて左手に握っている――刀身が輝きを放つ、斬るよりも突くことに特化した――『つらぬき丸』を呆けて立っているゴブリンの脳天へ突き刺した。

そうして洞穴内を『雷神の靴』の機動力で疾風のように駆け抜け、方向転換からの再突撃を行い、次々とゴブリンに斬撃と刺突を繰り返して葬っていった。

しばらくして、その場に立っているのは俺とアリシア、リーナの三人だけになった。このレベルのゴブリン相手ならば武技（スキルアーツ）を使うまでもない。

俺はゴブリンの血に塗れた『つらぬき丸』に付着した血を落とす。『ゴブリンイーター』は、付着したゴブリンの血を刀身が吸収し、曇り一つない使用前の刀身に戻る。それを確認して、俺は二本の短剣を両腰に差しているそれぞれの鞘に納めた。
ちなみに俺が腰に差している二本の短剣は対ゴブリン特化の最高武装だ。

つらぬき丸：抜き身の状態で、持ち主の周囲にいるゴブリンの数（生死問わず）と倒した数によって刀身の輝きが一定時間増加し、斬れ味が増す魔法の短剣。斬るよりも突き刺して敵を貫くことに特化している。

ゴブリンイーター：ゴブリンの最上位種であるゴブリンエンペラーに妻と娘、母、姉、妹を嬲り殺されたエルフ達が作り上げた短剣。斬った相手がゴブリンならば絶大な威力を発揮するゴブリンの生き血を啜る生きた魔法の短剣。この短剣に斬られたゴブリンの傷はランクA以上の回復魔術でなければ塞がらない。ゴブリン以外には普通の短剣と変わらない斬れ味になる。

「あ……ありがとうございます」
「アリシア!?　油断しないで！」
剣を納めた俺を見て、窮地を救われたと判断した美少女・アリシアは、俺に感謝の意を示してくれた。

しかし、状況を把握しているアリシアとは対照的に、騎士であるリーナの方は俺を警戒して戦う姿勢を解かなかった。

「ヤレヤレ、……俺ノ名ハ『カノン』。冒険者ギルドカラ派遣サレテキタ冒険者ダ」

嘆息とともに出た【声色偽装】で、自分の声が偽装されていることと、素顔が隠れる『黒頭巾』を装備した上、全身黒ずくめ、見るからに「不審者です」と自己主張していることに、俺は気づく。

変な誤解を解くために『黒頭巾』を外し、そして両手を上げて、手に武器を持っていないことを示す。

「リーナ、窮地を助けてくださった方に失礼ですよ。それに私達を殺すなら、ゴブリンと一緒に躊躇いもなく殺すはずですわ」

「……そうですね、失礼しました。先ほどは助けていただきありがとうございます」

「いや、別に構わない。こんな恰好では警戒するなと言う方が無理な話だ」

アリシアが窘めたことでリーナは、俺が無害であることに気づき、早々に非礼を詫びてきたので、俺は彼女の謝罪を受け入れて許した。

水色のロングヘアーの巨乳美少女・アリシア。彼女はロングヘアーを頭の後ろに飾った緑リボンで結っていて、優しげに微笑んでいた。

実はアリシアは『ダンジョン・シード』でダンジョンに侵攻してくる敵キャラクターの一人。おっとりした優しい性格と、母性的な容姿が相まって敵キャラながら大人気のキャラクターだ。

先ほど【鑑定】で確認したところ、今いるこの世界でも『ダンジョン・シード』の設定と変わらず、エルサリス王国の第一王女で魔術師だった。

目の前にいる本人は、ゴブリンの集団（パーティー）との戦闘でMPが枯渇し、無傷という訳にはいかなかったようだ。攻撃により『魔術師のローブ』が破け、豊かな胸の一部が、ローブの裂け目から見えている。

もう一人、青と紺を基調とした軽装鎧『蒼鉄の鎧』を身につけた美少女・リーナ。

彼女もアリシア同様に『ダンジョン・シード』でアリシアと一緒に敵役としてダンジョンに攻め込んでくる敵キャラクターだ。

こげ茶色の髪とショートカットが特徴のリーナの緑瞳は、ややつり目で、アリシアよりも少し胸は小さいが、女性としては平均以上の美巨乳。そして本人は気にしているが、アリシアよりも少しだけ、尻が大きく安産型の美尻の持ち主。

リーナは、アリシアと『ダンジョン・シード』で人気を二分する凛々しい女騎士のキャラクターだ。

リーナ自身の血筋は公爵家なので、『ダンジョン・シード』の時は〝女騎士〟だったが、今いるこの世界では〝姫騎士〟になっている。

騎士然とした姿でアリシアと一緒に登場することが多く、アリシアは婚約者であるはずのアルバートよりもリーナとの百合カップリングで、年に二回ある漫画の祭典で、薄い本が多くのダンジョンマスターによって創作されていた。

そのリーナも先のゴブリンとの戦闘で負傷し、白い柔肌を露出している。

彼女等の怪我が痛々しかったので、俺はアイテムボックスに大量にストックしている『ポーション』を渡してHPを回復させた。

二人の防具が破壊されている現状は、俺にとっては大変目の保養になる。しかし、二人の好感度を無駄に下げるのは俺ではない。

俺は、アイテムボックスの中から、使うことがない『魔術師のローブ』の強化版『魔導師のローブ』をアリシアへ、『蒼鉄の鎧』の上位版『蒼鋼の鎧』をリーナに渡した。どちらもまだストックがあり、二人が敵になったとしてもこの程度の強化では問題にならない。

二人は最初遠慮していたが、俺が他に外套（マント）の様な身体を覆う物を持っていないため、このままでは破壊された装備のままで、街中を歩くことになると教えると、二人は大人しく受け取ってくれた。まぁ、外套がないというのは受け取ってもらうための嘘だが。

リーナが新しい鎧を装備する間に、俺は周囲にゴブリンの伏兵がいないか警戒しつつ、アリシアから何故この洞穴に来たのかを尋ねた。

「……いくらなんでも侮りすぎだろう。確かにゴブリンは単体では弱い。……でも人族の子供並の知能は最低でも持ち合わせているから、集団だと充分に脅威になりうるんだぞ……」

アリシアとリーナの話では、自分たち二人に加え、勇者アルバートとその妹のユリア。この四人のパーティはアリシアの王家に伝わる「成人の儀」のために、洞穴があるこの森の奥、『精霊の祭壇』を目指した。

ファーレ村を拠点とするために立ち寄ったのだが、宿を探す過程で今回の事件を知ったアルバート。

アルバートは、冒険者ギルドに依頼済みと訴える村長の話を無視し、聖剣を持ち、単独で村を飛び出す。

それを知った三人が慌てて後を追いかけ、なんとか洞穴の入口で追いついたそうだ。

真面目なリーナは、本来の目的であるアリシアの「成人の儀」を優先し、冒険者ギルドに「ゴブリン討伐」を任せるべきと主張した。

しかし、アルバートは困っている国民、村人達を見捨てるのかと反論。ユリアもアルバートを支持し、アリシアは洞穴を攻略するには準備不足であることを指摘しつつも、条件付きでアルバートに賛成した。

ところがアルバートは、ゴブリン相手には丁度いいハンデだと言って、そのまま独断で洞穴に踏み込んでいったらしい……アホであるこの勇者。

ＲＰＧなどで雑魚キャラ扱いされているゴブリンは、この世界でも魔物としては弱い部類に入る。

しかし、ゲームではなく、現実であるこの世界では確かに弱い魔物ではあるのだが、その知能と繁殖力が問題だ。

人族の子供並の知能と聞くと一見、低いと思いがちだ。しかし、実際は侮れない。子供だからこそ柔軟な発想をし、ときに大人が思いつかない残酷な行動や効率的な行動を、子供がすることがあるのを忘れてはいないだろうか。

「ゴブリンは馬鹿だが、間抜けではない」と評する者がいるがそれはこの世界では真理に近い。

人間に撃退されて生き残ったゴブリンはそこから学び、次はどうすればいいかと頭を使い始める。

そうやってさらに学んで生き残り、強い個体に進化を続け、ジェネラル↓ロード↓キング↓エンペラーとなる。

進化の過程で繁殖力も増大するので、群れとしてもさらに強くなって手が付けられなくなるのだ。

生物の死などで瘴気が異常に濃く溜まったところに、ゴブリンの最初の個体が自然発生し、最初の一体目が発生した後、その場の瘴気は一時的に薄くなるが、再度一定量溜まった際に、ゴブリンが再び発生する。

自然発生以外にも、オークやオーガのように人族や亜人といった他の種族とも交配して繁殖することもゴブリンはできる。

「……」

「……」

俺の説明に自分たちが如何に浅はかであったかを、アリシアと装備を終えたリーナは無言で痛感し、反省していた。この様子であれば聡明な二人は、同じ間違いは犯すまい。アホ勇者と脳筋女僧侶って……。

今問題なのは、さらに奥に進んでいってしまったその勇者と妹だ。勇者に関しては自業自得で、そのままあの世に旅立ってもらったほうが世のため、俺のためになるだろう。

しかし、優しいアリシアに二人の救助を懇願され、リーナは「アルバートはともかく、アルバートが持ちだした聖剣は、自分の家が代々管理しているものなので、回収したい」と言い出した。

俺が頷かないと、二人とも梃子でも動きそうになかったことに加え、まだ依頼の［ゴブリンの巣の調査］を完全に終えていなかったため、俺は、俺の指示に従うことを条件に、アリシアとリーナの同行を認めた。

本音を言えば、早々にこのギルドの依頼を終えたかった。そして、アリシアとリーナの二人を俺の情婦にし、悠々自適なダンジョンマスターライフを満喫したい。

しかし、俺の足場が固まっていない現状では、アリシアとリーナを囲って、調きょ…もとい生活をする場所がなく、また、二人に掛けられている〝ユピタリス聖教の貞操帯〟ともいえる厄介な加護を解く準備も不足している。

このため今回は、二人との接点を作ることに留め、アルバートや他の男の毒牙に、アリシアとリーナがかからないように対策を施すことにして、俺は次の機会に狙うことにした。

魔術姫（アリシア）と姫騎士（リーナ）を助けた場所から、俺は『松明』を取り出して火をつけて進むことにした。

アリシアとリーナのスキルには、俺と違って【暗視】がない。二人が暗い洞穴内を歩くには明かりが必須だ。元々二人が使っていた松明――アリシアが手に持っていた最後の『松明』は、リーナが装備を変えたのと同時に可燃部分が燃え尽きて使い物にならなくなった。

万が一、集団（パーティー）が分断されたときのことも考えた俺は、二人に数本ずつの『松明』と各種回復アイテム数個を渡す。

ゴブリンの死体が道標であるかのように奥へ続いていることから、アルバートとユリアがこの洞窟の奥にいるのボスへと向かって突撃していったのが簡単に想像できた。

肝心のその二人だが、『ヴァルキュリア・クロニクル』のマップ機能で確認すると、ただ今ボスと対峙中。

しかも二人揃って〈毒〉状態で、ＨＰが残り四割以下という状態だった。

「『ポーション』や『マナポーション』、『毒消し』を用意しないでここに来たのか？」

俺は危険なトラップがないか確認しながら先頭を歩きつつ、アリシアに聞いてみた。

「いいえ、ユリアさんが【回復魔術】を使えないので、事前に全員に『ポーション』と『マナポーション』を三〇本ずつ用意していました。

しかし、この洞穴で集団（パーティー）が分断される前に、アルバート様とユリアさんは手持ちの分を使いきり、私たちも貴方に救っていただく前に使い切ってしまいました。『毒消し』は……準備しませんでした」

　アイテムの使用ペースを間違えたことと、そもそももっと数を用意し『毒消し』も用意すればよかったとアリシアが言う。

「……使用ペース配分に後悔があるならば、同じ轍を踏まないようにすればいい。だが、回復手段に関して言えば、各メンバーが回復魔術を使えないなら、回復アイテムを多く用意をするのは当然だ。回復魔術が使える者か、代替手段……たとえば『治癒師(ヒーラー)』を連れて行くとか、アイテムの運搬と補給を担当する『運搬者(ポーター)』をメンバーに加えるべきだったと思うぞ」

「どちらもアルバート殿とユリア嬢がメンバーの追加を拒否した上に、ユピタリス聖教の圧力がかかって、加えることができなかったのだ」

　俺の疑問にリーナが忌々しそうに答えた。それを聞いて俺は頭が痛くなってきた。ユピタリス聖教(あいつら)が原因かよ。

「……そんなに慎重にならなくても大丈夫だと思うが？」
　俺が慎重に罠を解除しているのに焦れたのか、リーナが不満気に言ってきた。
　俺は右手で『ゴブリンイーター』を腰から抜いて、三歩先を下から上に一閃した。
　手になにかを断ち切った感触がした次の瞬間、俺の一歩前の肩付近を矢が通過していった。

「っ！」

「え　？　」

アリシアは目を見開き、リーナは声をあげて唖然としていた。

「俺が解除しなかったら、アリシア姫もしくは貴女にあの矢が当たっていたかもしれない……いや、不意を撃つ罠だから、おそらく当たっていただろう。……あの矢には性質の悪い毒が塗ってあるから、当たりどころが悪いと助からないのだが？」

俺は壁に刺さった矢尻に塗られ、異臭を放つ毒々しい液体を一瞥してそう告げた。

矢に塗ってある性質の悪い毒とは、毒性のある植物の毒液に、ゴブリンたちが自分たちの糞を混ぜたものだ。俺の言葉にリーナは青くなって、罠解除に文句を言わなくなった。

❖　❖　❖

ようやく目的地である洞穴最奥の部屋の入口に辿り着いた。ボウガンの罠がここにも設置されていて、既に使われた形跡があった。どうやらこれにはアルバート達が引っかかってしまったようだ。

さらに奥の方からキインッ　キインッと金属を打ち付けあう音が聞こえてくる。

マップ機能で、中の様子を見ながらここまで来たが、既に生きている反応は、三つしかなかった。他は死体で、ゴブリンのものに紛れている人族のものはおそらく帰って来れなかった冒険者達の亡骸と思われた。

生きている反応の内の一つは、他の動いている二つと違って離れた位置にある。丁度、部屋の入口の壁にもたれかかっていた。ユリアだった。

ユリアに気がついたアリシアは、駆け寄って呼びかけるが反応が薄い。

ユリアは〈毒〉状態に加えて、〈気絶〉している。さらに残りHPが一割を切っていた。

アリシアとリーナの懇願する視線に負け、俺はアイテムボックスから『ポーション』と『万能薬』を出して、アリシアに渡した。ユリアはこれで大丈夫だろう。

残りの動いている二つの反応は、アルバートと洞穴（ここ）のボスである『ゴブリンジェネラル』だ。

どうやら一足早かったようだ。俺はゴブリンジェネラルが、アルバートにトドメを刺してくれるのを期待していたのだが、それは叶わなかった。

ゴブリンジェネラルの敵はアルバートで、アルバートは俺の敵。敵の敵は味方になるから、俺はアルバートと対決しているゴブリンジェネラルの味方だ……暴論なのは分かっている。

アルバートは『聖剣ストームブリンガー』を片手に戦っているが、

「くそっ！」

悪態をつくアルバートの聖剣の刀身が、ゴブリンジェネラルが装備している手甲に当たって弾かれる。


聖剣ストームブリンガー（封印）：邪悪な存在を葬る強力な聖剣。しかし、今はその強力な力は封印されているのだが……。

【鑑定】結果を見て、ゴブリンジェネラルにアルバートが勝てない要素が、俺の予想よりも多いことに、俺は苦笑いを浮かべざるを得なかった。

アルバート本人の実力不足もある上に、広くない部屋と比べ聖剣の刀身が長く、アルバートが上手く立ち回れていないのが一目瞭然だった。

対するゴブリンジェネラルは、なんと【体術】だけでアルバートと対峙して、圧倒している。

「加勢を！」

「待て！　あの男はあの長さの長剣を振り回しているから、下手をすると攻撃の巻き添えを受けることになる。息のあった連携ができれば問題ないが、あの技量ではそれも望めない。機を見て俺が介入するから、リーナ殿はアリシア姫とユリア嬢の護衛を頼む」

「っ！　わかりました」

俺の言葉に駆け出そうとしたリーナは足を止めた。

できればアルバートは放置したいのだが、俺が言ったアルバートの技量云々も事実である。

腕の立つ剣士ならば、斬撃に向かない場所では刺突で戦うし、そもそも『ショートソード』などをサブウェポンとしていくつも用意する。当然、アルバートは準備していない。

アルバートの動きは〈毒〉状態の影響で精彩がない。動きも鈍っているようだ。

『ヴァルキュリア・クロニクル』と『ダンジョン・シード』の〈毒〉は、ただ継続的に〝ＨＰが減る〟だけだった。

しかし、この世界の〈毒〉は、全体的にステータスも下がってしまうようだ。そのため、動きが鈍くなっているアルバートの攻撃は、ゴブリンジェネラルにほぼ防がれてしまっている。

「GROOOOOOOOOO!」

「ぐはぁあああ……」

ゴブリンジェネラルが人外の咆哮をあげて、アルバートに【体術】の武技(スキルアーツ)『正拳突き』を喰らわせ、アルバートが派手に吹き飛ぶ。

アルバートのHPが一気に減り、アルバートは背後の壁に体を強く打ち付けた。

残りHPは一割を切っていたが、辛うじて一命は取りとめている。

しぶといな。しかし、頭も打ったのか、アルバートは〈気絶〉して立ち上がる気配がない。

王都で集めた情報の中にはアリシア達だけでなく、アルバートのもの当然もある。

表向きは勇者としてきちんと活動しているようだが、その裏では国民の家屋に押し入って、金銭とアイテムを強奪したり、勇者の権威を笠に着ての恐喝。強姦紛いと好き勝手にしていることが分かった。

正直、助けても感謝するどころか、盛大に逆恨みをして絡んできそうなので嫌なのだが、ゴブリンジェネラルがトドメを刺せなかったのなら仕方ない。

ここでこのまま見殺しにしたらおそらく、俺の予定よりも早く、アリシア達エルサリス王国とユピタリス聖教を敵に回すことになる。

俺はまだダンジョンを作っていないがこいつらを敵に回せば必ず攻めてくるだろう。しなくていい苦労が増える。

俺はアルバートをこの場で始末することを諦めて、外していた『黒頭巾』を再び頭に装備して、ゴブリンジェネラルを始末することにした。

ゴブリンジェネラルは動かなくなったアルバートに興味を失ったようで、ユリアを介抱するアリシアを次の獲物と定めたようだ。

女性的なスタイルのアリシアを性的な目で見てしまうのは仕方ない。

しかし、こいつはアリシアの豊かな胸をガン見して、口から涎を垂らして舌なめずりをしているから、著しく不快だ。斬ろう。超斬ろう。

「悪イガ、オ前ノ相手ハ俺ダ……」

アルバートとの戦闘で、ゴブリンジェネラルの残りHPは八割強になっている。あのままアルバートが万全の状態で戦い続けても、やはりこのゴブリンジェネラルに勝利することはできなかっただろう。

「GAAA?」

ゴブリンジェネラルは探知系の技能を持っていないため、『黒装束』の【認識阻害】で隠れた俺の姿を、見つけることができないようだ。キョロキョロと周囲を見回している。

わざわざ姿を現して戦うほどお人好しではない俺は『つらぬき丸』と『ゴブリンイーター』を装備。ゴブリンジェネラルの背後に回って、その喉笛を『ゴブリンイーター』で斬り裂き、『つらぬき丸』を脇腹に突き刺した。

お命頂戴……って、やっていることは後衛職の隠者(ハーミット)ではなく、まんま暗殺者(アサシン)な忍者だよな。今の俺……。

ゴブリンジェネラルは、首から血を勢いよく噴出し、呆然とした表情で音を立てて倒れた。

俺のギルドカードの機能によって、その死体はアイテムボックスに収納され、ゴブリンジェネラルの死体から『魔石』を【解体】して収納する。

アルバートが苦戦していたゴブリンジェネラルを俺があまりにも簡単に倒したことに、アリシアとリーナはしばらく呆然としていた。

俺が解毒したアルバートと〈気絶〉しているユリアを簀巻きにして、【風魔術】の『舞空（レビテーション）』で浮かせたところでアリシア達は正気に戻った。

洞穴の外に出た俺は、アイテムボックスから『ゴーレム幌馬車』を取り出した。

ＨＰとＭＰは回復しているものの、疲労困憊のアリシアとリーナを、ファーレ村まで歩かせることに気が引けたからだ。

他言無用であることを条件に、二人を幌馬車に乗せ、〈気絶〉しているが命に別状はないアルバートとユリアは、幌馬車の後ろの荷台に転がした。

第六話　隠者は宿敵達と共闘する

「よお、なんとか全員、命は無事のようだな」

俺達がファーレ村に着くと、ガーランドが待っていた。

「なんでここにガーランドがいるんだ？」

「〝勇者がどうなっても構わんが、姫様たちだけは助かるようにしてくれ〟という王宮からの無茶振り(いらい)が来たんだよ」

俺の問いかけにガーランドがため息とともに答えた。

「なら俺はここまでだな」

「え？」

「なっ⁉」

「ほほう」

俺がアリシア達に別れを切り出すと、アリシアとリーナが反応し、ガーランドはその二人の反応を見て、ニヤニヤしている。一方、アルバートとユリアは未だに仲良く〈気絶〉している。

「まぁ、とりあえず、今日は姫様達も疲れただろうから宿で休んで、『精霊の祭壇』へは明日向かうことにするのがいいだろう。カノンには、詳しい報告が聞きたいからこのまま一緒に来てくれ」

そう言うと、ガーランドは簀巻きの勇者兄妹を担ぎ上げて先行する。

アリシアとリーナを幌馬車から降ろした俺は、『ゴーレム幌馬車』をアイテムボックスにしまって、後に続いた。

❖　❖　❖

「……なるほどな。アルバートが功を焦り暴走し、付き合わされた姫様達がゴブリンに嬲り殺しにされそうになっていたのをお前(カノン)が助けたと」

俺はガーランドが今回の仕事のために確保した村の一軒家にいた。

椅子に座り、調査依頼の報告とアリシア達を助けた経緯を説明したが、聞き終えたガーランドが、苦い顔で俺に確認をしてくる。

俺はそれに頷き、

「アリシア姫の話では、回復魔術を使える者や治癒師(ヒーラー)、運搬者(ポーター)の同行をユピタリス聖教が認めなかったと」

「ふんっ、強欲爺(おまえ)たちの考えそうなことだな。カノンが間に合ったのは姫様達にとっては不幸中の幸いだった訳だ」

「……それで、俺に『精霊の祭壇』まで、あの四人のお守りをさせるつもりなのか？」

吐き捨てるように言うガーランドに俺は、単刀直入に本題を切り出した。

「嫌か？」

「アリシア姫とリーナ嬢だけであれば問題ないが、あの兄妹は御免だ。全く俺に利点がない」

「……まぁ、しょうがねえか。カノン、儂(わし)からの指名依頼ということで『アリシア姫とリーナ嬢を『精霊の祭壇』へ連れて行き、無事に連れ帰ってきてくれ』。報酬はランクBへの飛び昇格と一〇〇〇万G(ガイス)だ」

「ランクBの昇格は……ギルド長権限か。一〇〇〇万Gなんて、よくそんな大金が出せるな」

「儂のポケットマネーと王宮からの達成報酬の合算だ。どうだ？　受けてくれないか？」

金には困っていないが、ランクBの冒険者ギルドカードというのは報酬として魅力がある。

ランクBであれば大抵の依頼を受注できる上に、ギルドが可能な範囲で色々と融通してくれる。

「分かった。その依頼引き受けよう」

俺はガーランドの依頼を受けることにした。

ガーランドはアリシアとリーナに、俺が同行する旨を伝え、俺は改めて四人に自己紹介をした。

アリシアとリーナは、俺が魔術師系の職業であることに驚いていた。

特にアリシアは、俺が魔術師の憧れである極天魔導師（アークメイジ）と名乗っていることから師事を希望し、短い間ではあるが、俺は彼女に魔術を教えることになった（実際は魔術師職の最上位で、隠しクラスの隠者（ハーミット）ではあるが）。

「よろしくお願い致しますわ、先生♪」

……俺はエルサリス王国の王女様に先生と呼ばれるようになった。

当初、俺の加入にアルバートとユリアの兄妹は反対したが、ガーランドが二人の行動の失敗を指摘すると二人は黙った。

アルバートは勇者になる前に冒険者として活動していたことがあり、そのときにガーランドに扱（しご）かれたため、この兄妹は、今でもガーランドに頭が上がらない。

『精霊の祭壇』のある森までは先日使った『ゴーレム幌馬車』で移動し、森の入口で一泊野営をしてから俺達は森を進んで祭壇を目指す予定になった。なったのだが……。

「なんでもっと揺れない馬車を用意しないの？　ボクお尻痛いよ」

「全くだ。俺に相応しい、もう少し上等な馬車はなかったのかよ」

案の定、アルバートとユリアの兄妹が不満を垂れ流してきた。アリシアとリーナには聞こえないようにわざわざ俺の傍に寄ってきてだ。

「ボクお腹が空いたよ、何か食べていい？　あ、答えは聞いていないよ。ハグハグ……」

おい、食いカスを散らかすな。

「おっ、ユリアが食べるなら俺も食べるぜ。果実酒はねぇのか？　ちぇっ、しけてんな」

俺のアイテムボックスにはとっておきがあるが、アルバート（おまえ）に飲ませる酒はねぇ！

アリシアの［成人の儀］に護衛として同行しているはずなのに、あまりにも頭の中がピクニック思考な二人に俺の堪忍袋の緒が切れた。

「……『爆睡（デッドアスリープ）』」

「「ZZZ……」」

俺は【闇魔術】で対象を〈睡眠〉の状態異常にする『睡眠（スリープ）』の上位魔術『爆睡』でうるさい二人を眠らせて、作法として簀巻きにし、後部の荷台に転がした。ついでに起きて喚かれても無視するために【風魔術】の防音結界『無音領域（サイレントフィールド）』を荷台に張り、仕切りの幕を下ろした。

❖　❖　❖

「……申し訳ありません」

「申し訳ない」

パーティーメンバーであるアリシアとリーナがアルバートとユリアの行動を謝罪してきた。

「迷惑をかけていない二人が俺に謝る必要はない。正直、あの二人は叩き出したいところだが、アリシア……姫にとってそれは都合が悪いのだろう？」

「——教えを請う立場ですので、アリシアで構いませんわ、先生。はい、国教であるユピタリス聖教から派遣されているので彼等を無視する訳にはいかないのです」

「私も名前で呼んでくれて構わない。姫様や私だけでなく貴族の令嬢であれば、アルバートは見境なく口説いているのだ」

アリシアは気落ちした様子で、リーナは苦々しげにそう俺に答えた。

「……いつか決断すべきその時に選択を間違えないようにな」

俺はそう二人に忠告して、『精霊の祭壇』までの状況確認に専念した。

俺は『ヴァルキュリア・クロニクル』のユーザーインターフェースを使い、『精霊の祭壇』までの所要時間を算出した。
通常の馬車で行ける所まで行き、徒歩で森奥にある祭壇まで行くのに片道二日かかるが、『ゴーレム幌馬

車』のおかげで片道一日に短縮できる。

　徒歩になる場所の前で一夜を明かすことにアリシア達と決め、野営を行うことになった。

「ええと、私はどうしましょう？」

「アリシアは【水魔術】でそこの野草を洗ってくれ」

「はい、分かりました」

「リーナ、肉は切れたか？」

「……できたぞ。これでいいか？　他にやることはあるか？」

「ああ。ありがとう。リーナはアリシアが洗った野草も切ってくれ」

「分かった」

　アリシア達と分担で調理している今夜のメニューは、現地調達したフォレストボアのスープだ。

　案の定、アルバートとユリアのお荷物二人組みは料理が壊滅的にできない、というアリシアとリーナの申告があった。

　二人がそれを知ったのはファーレ村に向かうときの野営のときで、率先して調理をしたアルバートとユリアは肉を完全に炭化させて、持参した高級食材を全て無駄にしてしまった。

　王女であるアリシアが、厨房に足を踏み入れたことがないのは当然であるため、唯一従軍経験のあるリーナが何とか食べられる料理を用意したそうだ。

　スキル【料理（A）】持ちの俺が、料理ができることを知り、二人は大喜びだった。

「あ、美味しいですわ……」

「美味いな……」

「よし、上出来だ」

沸かした湯に野草とフォレストボアの肉を入れて煮込み、香辛料を溶かして作ったペーストを投入して味を調えたスープは、肉汁と香辛料が調和して美味だった。アリシア、リーナも口を綻ばせていた。

「リーナ、このスープペーストを渡しておこう。今後、機会があったら活用してくれ」

「いいのか？　高価な物なのだろう？」

海が遠い王都エルドリアでは香辛料は高価だから、リーナは遠慮しているようだ。

「いや、自前のものでまだストックがあるから大丈夫だ。これからの二人の野営の食事の苦労を考えるとな……」

「……ありがとう。有難く頂戴する」

俺は、今後アリシア達の食事当番を担うリーナの苦労を偲んで、今日使ったスープペーストを渡した。彼女は滅多に見せない笑みを浮かべて受け取ってくれた。

ちなみにアルバートとユリアの兄妹だが、スープができたので食べさせようと簀巻き状態から開放して叩き起こしたところ、

「おい、これって食べれるのか？」

「何この粗末なスープ。ボクお城から持ってきたもの食べていい？」

「おっ、それいいな。そんな粗野なものはカノンが残さず食べればいい。姫様とリーナも城から持ってきたもの食べようぜ」

「いいえ、私はこちらのスープで結構ですわ」

「私もだ。旅先で食糧を現地調達して、保存食の消費を抑えるのは当然だ。私はこちらでいい」

「へっ、そうかよ……」

自分に賛同してくれると思い込んでいたのか、アリシアとリーナの拒絶の返事にアルバートは、そう吐き捨てて、離れていった。

食事後、俺はリーナを交えてアリシアに、この世界の魔術がイメージや想像力で威力が変動することを、【土魔術】の『石壁(ストーンウォール)』を例に教授する。

具体的には、【土魔術】を応用して石風呂を作り、その周囲を、一箇所を除き高さ十メートルの『石壁』で造り出した石壁で覆い、服を置く石台も用意した。

「これは……」

「すごいですね」

リーナとアリシアは唐突に目の前に広がった光景に揃って驚きの声をあげた。

その横で俺は石で作った浴槽に【水魔術】で水を注ぎ、【火魔術】で注いだ水をお湯に変える。

「この高さなら中を覗くことはできないし、俺が出た後アリシアが、入口を周りと同じ高さの『石壁』で塞げばいい。それから、これはアリシアが『石壁』を使った後に飲むようにな」

そう説明して、俺はアイテムボックスから『マナポーション』を数本アリシアに渡した。

「あの……」

「ユリアがここで入浴することに関しては、二人に任せる。俺は周囲の警戒に行ってくるから、念のため連絡用のゴーレムを置いておく。何かあったら連絡してくれ」

アリシアが懇願するような視線で訴えてきたので、俺はアリシアの意図を察して答える。

それから俺はゴーレムを召喚し、その場を離れた。

「ZZZZZZZ……」

アリシア達の入浴に乱入しようとしていたアルバートは今、俺の足元で簀巻きになっていびきをかいて眠っている。

できることなら、今この場でコイツの息の根を止めたほうがいいのかもしれない。

このアルバートが『ダンジョン・シード』の〝アルバート〟とは別の存在であることを、俺は頭では理解できている。しかし、勇者とは名ばかりのこの愚者を消したところで、ユピタリス聖教は新たな生贄(ゆうしゃ)を用意するだろう。

ユピタリス聖教及びエルサリス王国と今後、敵対することは俺の中で確定している。

だが今は、まだ俺がまともにその二つとぶつかることは絶対に避けねばならない。足場ができない内に勇者暗殺で指名手配されるのも今はまずい。各方面からタコ殴りにされて今生が終わる。

　アリシアとリーナに関しても厄介なことに、ユピタリス聖教が一部の女性信徒に施す【光妖精の加護（ブレスオブウィスプ）】が掛けられているのが確認できた。

　これは未婚の女性信徒の操を守るための呪い（まじな）いで、解除しないで強引にコトに及ぼうとすると、天罰が下るらしい。

　一例として、ムスコをなくして漢女（おとめ）になった強姦魔がいる。そして、【光妖精の加護（ブレスオブウィスプ）】の解除は、正規の方法では絶対に、俺には解くことができない。

　二人を何処かに囲っても【光妖精の加護（ブレスオブウィスプ）】によって居場所がすぐに分かってしまうので、二人に言い寄ってくる男たちを退けつつ、解除の準備を進める計画だ。準備が整うまでこの勇者には虫除けになってもらい、折を見て二人を確保する。

　それはそれとして、俺は二人とおまけ一匹の入浴シーンをしっかり鑑賞している。無論、ユーザーインターフェースの［動画保存機能］を駆使することに抜かりはない。


「ふう、まさか旅の途中で入浴できるとは思いもよりませんでしたわねぇ……」

　女性的なシルエットの裸身を、広い浴槽の中で伸ばしてリラックスしたアリシアが呟いた。

　浴槽の湯に浸かるため、いつもは下ろしている長い水色の髪をまとめてアップにしたアリシアの白い肌は、桜色に変わっていて艶かしい。

普段は髪に隠れて見えないうなじも色っぽい。そして、清楚な彼女の印象に反する豊かな乳房はその存在感を主張しつつ、湯に浮かんでいた。

「たしかに。カノンのおかげで前途多難だった『精霊の祭壇』までの旅が大幅に楽になった。だが、一番良かったのは彼のおかげで食事が改善されたことだと私は思う。やはり食べ物を疎かにするのは士気に関わるな」

アリシアの言葉に、湯船の中で日頃の鍛錬で鍛えられた手足を伸ばすリーナが同意する。

二人が入っている浴槽は定員五人と広めに造ったものだ。まだまだ充分な広さがある。作ったあとに広すぎたかもしれないと俺は反省した。

リーナのたわわに実った二つの果実もぷかぷかと浮かんでいる。湯船に浮かぶ乳房の先端は、いずれも綺麗な桜色をしている。少しアリシアよりも離れているが、リーナの胸も充分なボリュームがあるのが見て取れる。アリシアもリーナも胸の形は崩れていない。

既にこの世界の成人年齢である十五歳を三年前に迎えているリーナは、女性としても成熟しているのが分かる。

一見するとわからないが、腕や肩に小さい切り傷の痕が薄っすらとあるのが見えた。

「むぅぅ、確かにリーナ姉の言うように森まで歩いていかなくなってよかったし、その……ご飯も美味しかったけど……ボクはアイツを信用できないよ。だって、ボクと兄様を何度も簀巻きにするし」

二人と比べて対照的な未発達ボディであるユリアが、俺への不信と文句を口にしている。しかし、アリシアとリーナはそれに対して苦笑いを返すだけだ。

基本的にお前等兄妹の素行が悪いから、毎回俺が簀巻きにして鎮圧しているのだから当然だ。

豊かな胸をもつアリシアと同い年とは思えないツルペタボディのユリアは、顔立ちだけは、残念な兄と同じく整っているので、将来、美人になるのはほぼ間違いないだろう。

胸の成長に関しては……なんとも言えない。

しかし、ユリアの魔術回路――魔術を使うのに必須で、人族であれば、たとえ魔術が使えなくても存在する魔力の通り道――をアリシア達に気づかれない内に調べた俺は、いくつか不自然な点に気づいた。

ユリアの発育不全は魔術回路が原因かもしれない。最も、同年齢のアリシアの発育が良すぎるだけかもしれないが。

俺はふと、風呂場を映しているウィンドウから、今眼下で醜態を曝しているアホ勇者が持っている〝聖剣〟へと視線を移した。

周囲の魔力・生体反応は何もないので、俺はこの機会を活かして、アルバートの持つ〝聖剣〟を【鑑定】の上位スキル【精査】で調べた。その結果は俺のある疑念を確信に変えた。

翌朝、アルバートは頑なに保存食の『干し肉』と、俺が王都の宿屋で食べた『固いパン』を食べていた。

それに対して、俺とアリシア、リーナ……そして、味気ない保存食を嫌がったユリアは、俺とリーナが用意したコーンスープと、昨日の獲物の肉と玉葱もどきを挟んだサンドイッチを食べた。

食事の後、食休みがてらアリシアに軽く魔術の座学をした。

『ゴーレム幌馬車』で先に進めない場所に着いたのでここから先は徒歩だ。『精霊の祭壇』までの徒歩の道中で、何度か森の野生生物の襲撃を受けたが、俺はまだ目立つ訳にはいかないので、アリシア達に撃退させた。

今回の俺の装備は普段着代わりに着ている『闇の法衣』で、あとは特筆するものは装備していない。役割的には魔術で回復と補助をしている。

サクサク先に進みたいので、俺はアリシア達に目立たないレベルまで下げた支援魔術（バフ）をかけ、効果が途切れないように継続的に施術している。

アリシア達の戦闘スタイルは『ダンジョン・シード』のものと全く同じだった。

勇者（アルバート）と僧侶（ユリア）で接近戦を行い、魔術師（アリシア）が魔術で二人を後方から援護。騎士（リーナ）は魔術師の前に立ち、必要に応じて前衛の二人を援護している。

回復手段がアイテム頼みという重大な欠点を除けば、そこそこ優秀なパーティーではあった。まだ経験が浅いのも加味して、冒険者ギルドでいうところのD＋ランクのパーティーと言えるだろう。

余談だが、冒険者ギルドでランク内の細かい実力差は＋（プラス）と－（マイナス）の数で示され、基準は無印。

例えば、C＋であればCランクの〝上の下〟、C－であればCランクの〝下の上〟といった具合に表示がされる。

ランク間は記号四つ分、八段階で示され、C＋＋＋の一つ上はB、C－－－の一つ下はDとなっている。

俺の【鑑定】で見た各人の現在の総合評価はアリシアがD＋＋、リーナはD＋＋＋、アルバートは聖剣補正なしでE＋＋、補正ありでD－、ユリアはE＋だった。

見事に兄妹がアリシア達の足を引っ張っている結果だ。一応、パーティの欠点はアリシアとリーナに指摘しているが、よほどのことがない限り改善は難しいだろう。

時折休憩を挟んで順調に進み、目的地と思しき森で一番大きい大樹の前にある石造りの祭壇に、俺達は辿り着いた。

「ここから先は私一人で行ってきます。すぐに終わると思いますので、ここでお待ちください」

祭壇の階段前でアリシアがそう告げて、俺達を留め、先に進んで祭壇に登った。

『精霊の祭壇』でこの森の〝精霊〟の加護を得ることがエルサリス王家の［成人の儀］であり、王族は全員、十五歳の成人年齢になったら、王都からこの祭壇まで旅をして加護を授かり帰るのが習わしだ。

「我、アリシア・リリィ・フォン・エルサリスはエルサリス王家に連なる者なり。〝古の盟約〟に従い、この祭壇に馳せ参じた者なり。精霊よ。我に誓いの証として、加護を与え給え……」

アリシアが祭壇で跪いて告げる。

（……エルサリス王家に連なると名乗る者よ。汝の言う我等が結びし〝古の盟約〟をないがしろにしておい

て今更何を請うか。汝に我等の加護を与える訳にはゆかぬ。疾くこの場より去るがよい)

「え？　ないがしろに？　どういうことでしょうか？」

祭壇前の大樹から脳内に直接声が響き、アリシアの言葉に返答してきたが、雲行きが怪しい。

(……現国王は、我等と汝等の祖先が結んだ〝古の盟約〟を破っている。故に我等が盟約に従う理由はない。この場より去るがよい)

「そんな……」

取り付く島が無く突き放す大樹の精霊の言葉に、アリシアは困惑する。そこへ、

「ごちゃごちゃ言ってないでお前達精霊は大人しく従って、姫様に加護を与えればいいんだよ！」

空気を読まないアルバート(バカ)が会話に乱入して聖剣を抜き、祭壇の下から【長剣術】の武技(スキルアーツ)『真空刃』を止める間もなく、大樹へ向けて放った。

アルバートが放った『真空刃』は大樹の枝を数本斬り落し、その幹に浅い傷をつけた。

「ああ、なんてことを……」

アルバートの蛮行にアリシアは顔面蒼白になった。

「おらっ、さっさと姫様に加護をよこせ！　よこさないと切り株にしちまうぞ!!」

(勇者を騙る愚か者よ。汝からは我等の同胞達の死臭と怨嗟が聞こえる……汝が殺めた我等の同胞達の魂の安寧のために呪われるがいい)

吠えるアルバートを意に介さず、大樹の精霊はアルバートから感じ取ったものに怒り、吐き捨てた。

「ぐっ!?　なんだこれは!?　ぐあああああっ!!」

すると、猛るアルバートは、自身の影から立ち上った黒いモノに包まれていく。

アルバートを完全に包み込んだ黒いモノは、アルバートの体内に入っていき、跡形もなく消え去った。

しかし、黒いモノを取り込んでしまったアルバートは絶叫し、意識を失った。

「お兄様!? え? なに、なにこれ? うきゃあああああああ」

倒れたアルバートに駆け寄ろうとしたユリアもアルバートと同じく、自分の影から立ち上った黒いモノを体へ取り込み、気絶した。

「精霊様、一体彼等に何を?」

(我を傷つけた者と共にある者——敵である汝に答える必要はない。警告はした。去らぬというのならばこの森の糧となるがいい)

そう精霊が言い放つと、鋭く尖った大樹の枝がアリシア目掛けて、数多の矢のように飛来する。

「アリシア!?」

「っ!」

その光景にリーナが慌てた声を上げ駆け出すが、わずかに間に合わない。俺は有事に備えて装備していた『雷神の靴』でリーナを追い越して、祭壇を駆け登り、アリシアを守るように立ちはだかった。

アリシア目掛けて飛来した大樹の枝群は、俺の展開している【魔力障壁（ＳＳ）】に阻まれて、俺に傷一つ付けられない。

そして、俺は使える中で最大の【回復魔術】——『エクストラヒール』で、アルバートがつけた大樹の幹の傷と斬り落とされた枝の欠損を回復する。

遅れて到着したリーナは、呆然自失となったアリシアに呼びかけ、介抱している。

「大樹の精霊よ。連れの者の非礼を詫びる。俺達には〝古の盟約〟がなんであるか詳しく教えられていない。また、彼女……アリシア王女も盟約違反について何も知らされずに、ただ加護を授かって来るようにとここへ送られてきたのだ。

精霊の加護がなければ彼女は帰ることができず、彼女の祖先がそちらと交わしたという盟約を守ることができない。できれば加護をもらうことはできないだろうか？」

（……我等の神の加護を受けし者よ。治癒を感謝する……我の願いを汝が聞き届けてくれるのならば、我も汝の願いに応えよう）

「俺にもできることとできないことがあるから、まずはその願いを聞かせてくれないか？」

（我の願いは我が末の苗木を汝に託す故、安全な場所で健やかに育ててほしいことだ）

「わかった。……確かに承った。彼女に加護の付与を頼む」

精霊が宿っている祭壇前の大樹から溢れ出た光がアリシアを優しく包みこんだ。

（……これで、そこの人族の女に我の加護が付与されたはずだ）

アルバートやアリシアと対した姿勢とは一転した物腰で、語りかけてくる大樹の精霊から、俺は『世界樹の苗木』を受け取る。俺は【鑑定】を行い、アリシアに【世界樹の加護】が付与されたのを確認した。

「ついでに〝古の盟約〟についてと、そこで気絶している二人に何をしたのか教えてくれないか？」

（……いいだろう。だが〝古の盟約〟については盟約を結んだ者達の取り決めで、我等が汝に教えることができぬ……その二人は我等の同胞たるエルフの怨嗟が纏わりついていたことから、その念を晴らすため、呪

いを施した。同胞の供養を二人がしなければ、二人には不幸が訪れるだろう。ではくれぐれも我が末のことをよろしく頼むぞ）
　そう言って目の前の大樹から精霊の気配が消えた。

〝古の盟約〟について知ることはできなかったが、アルバートとユリアがエルフを殺めていたため不幸になるという呪いがかけられたことを、俺は知った。

「先生、ありがとうございました！」

「私からも礼を言う。ありがとう!!」

　そう言って、アリシアとリーナは揃って俺に向かって頭を垂れた。

「二人とも頭を上げてくれ。何はともあれ、……アルバートとユリアは無事ではないが、アリシアの成人の儀が完了してよかったよ。問題は〝古の盟約〟だが、おそらく王家の問題だからそれはアリシア自身が解決しないといけない問題だな」

「……そうですね。精霊様のお言葉も気になりますので、私は王都に戻ってからいろいろお父様に尋ねてみようと思います」

「アルバートとユリアにかけられた呪いについては、どうすればいいのだ？」

「二人が殺したエルフの供養をして成仏させればいいらしい。目を覚ましたら、アリシアとリーナで二人に伝えてくれ。俺が言ってもあの二人は聞かないだろうし」

「分かりました」

「了解した」

「では戻るか」

「気絶した二人はどうする？」

「……仕方ない」

リーナの問いかけに対し、俺は気絶している二人をもはや定番となっている簀巻きにする。

それから、【風魔術】の『舞空（レビテーション）』で二人を浮かして、幌馬車が使える森の入口までアリシアとリーナを伴って移動した。

帰り道で俺は、格下の敵を追い払うスキル【威圧】を有効し、襲撃を受けることなく森を出て、来た道を戻った。ファーレ村でガーランドが先に王都に戻ったことを聞き、俺達も王都へ帰還することにした。

こうして、俺とアリシア達の共同任務はいくつかの謎を残しつつ、幕を閉じたのだった。

第七話　必要な情報をあらかた集めた隠者は本格的に動くことを決める

「ほらよ、依頼完了だ。また来てくれよ」

「ああ」

冒険者ギルドの受付に座っているガーランドに軽く返事をした俺は、今回の依頼──『精霊の祭壇』へ行くアリシア王女の護衛──の報酬を受け取り、ギルドから出ようと歩き出す。

ふと、視線を向けると窓ガラスに自分の姿が映っていた。

俺の容姿は、黒髪青眼でイケメンではないが、可もなく、不可もなしといったものだ。

この姿は、ダンジョン育成ゲーム『ダンジョン・シード』を新しく周回プレイするために作成していた〝人族〟のアバターで、大地神・ガイアスが、俺の転生に際して、魂の器として用意してくれたものだ。

転生の影響の所為か？　元の世界の記憶の大半がなくなり、自分の名前と家族構成すらわからない。

その一方で『ヴァルキュリア・クロニクル』と『ダンジョン・シード』の知識……あとは年齢が三〇過ぎだったこと、フリーターだったことなど……どうでもいいことを覚えている。

『ダンジョン・シード』のプレイヤーキャラは人族以外にエルフやウェアビースト、ドワーフといった亜人のほかに、ゴブリン、ヴァンパイヤ、デーモンなどの魔族、天使や半神半人の神人も選べる。

俺はその全てを試し、いずれも完全制覇エンディングを迎えている。

前回は、ダンジョン作成に必要な鉱物やアイテムを生産できる五度目のドワーフになって完全制覇エンディングを迎えた。

もう通算、何周『ダンジョン・シード』をクリアしたかは覚えていない。

この世界に転生して十三日が過ぎた。

転生してから俺は情報収集を中心に時間を費やし、自分の身分を保障するため、冒険者ギルドに入った。

ギルドで依頼をこなして生活費を稼ぎながら、自分の能力の把握と、『ヴァルキュリア・クロニクル』と『ダンジョンシード』の知識をこの世界でどこまで活かせるか試しつつ、過ごしていた。

俺は、目覚めた宿屋で寝かされた経緯を宿屋の女将にそれとなく尋ねてみた。

女将の話では、俺はもう一人の人物――俺の魔術の師匠――と二人組みで、人里離れた所で魔術の修行を行い、世間を知るために王都に来たが、〈魔力枯渇〉で倒れてしまい、部屋で寝かされたとのことだった。

宿屋の女将に俺の師匠の行方を尋ねたが、「用事があるため、先に出立する」と告げ、出て行ってしまったらしい。

体の良い言い訳だ。おそらく、ガイアスかその配下の存在が師匠役をしていたのだろう。

俺をこの世界に転生させた神(ガイアス)の粋な計らいで、元の世界でやりこんだゲームデータが、そのまま引き継がれているチート仕様だから、所持金もMAX。しかも、いくらか使っても所持金が減らないバグレベルのスキル付き。

素晴らしい。アイテムボックス内もこれまで『ヴァルキュリア・クロニクル』と『ダンジョン・シード』で作成した物や入手した物の全てが入っている。

さらに情報収集した結果、自分がいるのが『ヴァルキュリア・クロニクル』のスタート地点となるエルサリス王国の王都だったのを知り、怪しまれない程度に依頼をこなして冒険者ランクをBまで上げ、ダンジョンを造るのに適した土地を探して情報を集めている。

余談だが、俺は情報収集の手段の一つとして、『ヴァルキュリア・クロニクル』の機能の一つ――ログウインドウを活用している。一般的なMMORPGのように、街の住人たちの会話を漏れ無くログウィンドウに残しているのだ。

酒場で食事をしつつ、ログを確認するだけでかなりの情報が入ってくる。

この方法で集められなかった必要な情報は、『ヴァルキュリア・クロニクル』にも存在した有能な〝情報屋〟に情報料を払って集めた。

「あの、お考え直しいただいて、私達と一緒に来ていただくことはできないでしょうか？」

俺の目の前に、水色の髪を頭の後ろで結った碧眼の美少女・アリシアが立ち塞がり、引き止める。

たゆんと揺れる立派なものに、思わず視線が惹きつけられそうになるが、俺は理性で、視線を顔に固定した。

「アリシア様、冒険者たる私に恐れ多いお言葉ありがとうございます。しかし、足手まといになる（とてつもなくいけすかない名ばかりの〝勇者兄〟と、僧侶(プリースト)なのに回復魔術が使えない〝脳筋妹〟がいる）ので、ご意向に添えぬ我が身をお許しください」

俺は、悲しそうな顔をする巨乳美少女・アリシア王女に返答すると、

「姫様、成人の儀式が無事終わり、ギルドでの報告も終わりましたので、急ぎ王城に戻り陛下に報告しましょう！」

俺がアリシアの勧誘にのらない元凶であり、貴族で聖剣に認められたことから勇者と言われるようになっ

たアルバートが会話に割って入ってくる。

「本当に残念ですが、アルバート殿の言うとおりです。一刻も早く心配されている国王陛下の下に向かい、無事、儀式が成功したことを報告しましょう」

代々王家に仕え、聖剣の守護者である公爵家の姫騎士・リーナが意見を添える。

ショートカットが特徴の彼女も美少女で、歳は十八歳。

胸はアリシアよりも少しだけ劣るが、成人女性としては十分な大きさをしており、安産型のいい尻をしている。

「ボクもリーナ姉に同感。魔術師は姫様がいれば十分だから、コイツはいらないよ。はやく王様を安心させてあげようよ」

アルバートの妹で、金髪ツインテールの少女ユリアが急かす。

美人になる将来が楽しみなガキだが、こいつは重度のブラコンであり、『精霊の祭壇』への道中でことある毎に兄で勇者のアルバートを誉めそやして、俺をコケにしていた。

僧侶ではあるが回復魔術は苦手。後衛で接近戦が下手なくせに、戦槌を振り回して前に出たがる脳筋で、アルバートが甘やかして、かばうため余計に性質が悪い。

このパーティの回復役は、役立たずのお前の代わりに俺が兼任していたんだがな、とアリシアの手前なので、声には出さずに心の中で悪態をつく。

アリシアは俺に暴言を吐いたユリアを諌めて、黙考していた。

「……仕方ありませんわね。わかりました。城に戻りましょう。カノン様、どうか末永く、ご健勝ください

ませ。機会がありましたら、またご教授よろしくお願いします。それでは、失礼いたします」

結局、三人の説得にアリシアは折れ、別れの言葉を残し、名残惜しそうに去っていった。

「いいのか？　お前の腕なら、宮廷魔術師になって、出世するチャンスだったのに？」

先ほど結果報告をしたガーランドが俺の肩を叩いて、尋ねてくる。

「別にいいんだよ。貴族でない俺が付いて行っても、アリシアに迷惑をかけるだけ。何よりこれで、あのアルバートの糞野郎と同じ空気を吸わなくて済むと思うと清々する」

俺の言葉にガーランドは一瞬、眉根を顰めるが、今回の依頼でアルバートがとった思慮の足りない言動を思い出し、納得して頷いていた。

それから俺は、ギルドに併設されている酒場で食事を済ませて、その場を後にした。

アルバートは男爵家の跡取りで、故郷に辺境伯の愛娘で可愛い幼馴染の婚約者がいることを、護衛依頼の道中、俺は耳にタコができるくらい聞いていた。

さらに、見た目だけはイケメンのアルバートは、道中にアリシアにも頻繁に粉をかけていた。ことあるごとに口先だけの正論をアルバートはアリシアに披露していたが、アリシアは表情にこそ出していないがうんざりした様子だった。

今回の依頼で、大樹の精霊相手に暴走したから、アリシアとリーナのアルバート株は大暴落している。

姫騎士リーナは、王家に三つある公爵家の一つ——ゼファー家の一人娘。ゼファー家が守護していた聖剣がどこをどう間違えたのか、あのアルバートを所有者と認めたため、リーナはあの野郎を勇者と仰ぎ、臣従している……らしい。

アルバートはしきりにリーナと肉体関係を持とうとしているようだが、リーナは真面目でお堅い性格のため、ガードが固く落とせていない。

しかしそれも、アルバートがアリシアと結ばれて王になってしまえば、時間の問題だろう。

まず間違いなく、アルバートはリーナを側室にするからだ。真面目なリーナは王命であれば絶対に逆らわないし、逆らえない。

ユリアもアルバート以外の男は眼中になく、姿勢が鉄壁で全く崩さない。よほどのことがない限り、今のブラコンのままだろう。

ゆくゆくはアルバートの愛妾におさまるか、修道院に入って生涯を終えるかだろうが、あの様子だと後者はまずない。

このままあの極上ともいえる美女たちをあきらめて、いけ好かないあの糞野郎に渡していいのか？

あえて言おう、ありえんな!!

無論、アリシアとリーナをこの手に入れて、俺から離れられない体にしよう。ユリアはおまけだ。

現状でも彼女達を手に入れることだけはできる。しかし、そのあとが問題だ。

アリシアはこの王国の姫で、リーナは公爵令嬢。ユリアは男爵令嬢だが、両親は既に亡く、親族が爵位を継いでいるが落ち目。ゲームをプレイした経験から、親族もアルバートと同じ性質なので、アルバート共々潰すことは確定している。

どちらにしろ、三人はこの国の特権階級の貴族で他にも面倒ごとがある。

一方、俺は与えられた力ではあるが、隔絶した力をもつ無位無官の冒険者。普通の手段ならば彼女等を手に入れることは不可能だ。ならばどうするか？

貴族になるため、手柄を挙げる？

たとえ羽虫だとしても多くの貴族たちに加え、ユピタリス聖教の後押しがあり、さらに勇者の肩書きをもつアルバートの妨害の鬱陶しさを考えると、その選択はない。勇者の肩書とユピタリス聖教の権勢は予想以上に邪魔だ。

では、他に手はあるのか？　ある。幸い、情報収集で確信できたが、転生したこの世界は、俺が数え切れないほど周回プレイして、脳裏に刻んでいる『ダンジョン・シード』と『ヴァルキュリア・クロニクル』のシナリオをほぼ忠実に再現している。

しかも、今は『ダンジョン・シード』の開始よりも、多少誤差があるが、プレイ開始時よりも数ヶ月前にあたる。

聖剣の勇者・アルバート、魔術姫・アリシア、女騎士・リーナ、僧侶・ユリアの四人組は『ダンジョン・シード』の登場人物で、侵攻してくる〝敵キャラ〟だった。

俺がとる手段は、この四人を俺の造りあげるダンジョンに招待して、戦力を削いで分断し、各個に捕らえることだ。たしか時期的にしばらくすると、アルバートとユリアの故郷に、奴等の転機となる一大イベントが起こるはず。

聖剣の勇者・アルバートのクズは、アリシアの尻を追うことにご執心する。このため、何度も気が付く機会があったフラグを折らず結果、婚約者の幼馴染に悲劇が襲い掛かってしまう。

これが『ダンジョン・シード』のアルバート兄妹に関わるバックストーリーの一つだ。

傷心のアルバートはアリシアに慰められ、励まされた後に改めて勇者として立つ流れだ。

このときアリシアは、アルバートにヤられてしまったというのが、『ダンジョン・シード』の玄人プレイヤーの間で話題となった。アリシアファンからすると、血の涙を流すほどの共通見解でもあった。

アリシアの回想シーンのイベントで、アリシアがアルバートを慰める場所が王城の寝室であるため、このイベントはこの世界でも不可避な可能性が高い。

しかし、俺はあえてあらゆる手を尽くし、この流れに抗わせてもらう。

できればアリシアの初めては俺がいただきたい。しかし、それが目的ではない。

万が一、アリシアが俺の手に落ちる前にアルバートに食われてしまっても、〝やり直し〟ができる方法は既にいくつも手の内にある。

アルバートのアホがアリシアとリーナに粉をかけるのに精を出している今も俺は、情報収集のために使い魔を放ち、アルバートの婚約者の不幸イベントフラグが順調に立って、アルバートが無視しているのを確認している。さらにアルバート、アリシア、リーナ、ユリアの四人にも気付かれない位置から、使い魔に監視をさせている。

目下、俺が優先しないといけないのは奴等をはめるダンジョンを作成することだ。しかし、まずはアルバートの婚約者を美味しくいただこう。

そうと決めたら、さっさとこの街を離れるとするかと思ったのだが、拠点にしている宿屋の女将さんから、俺に手紙が届いたと言われたので、俺は部屋に戻って中身を確認した。

内容は俺が頼んでいた奴隷商人からのオークションへの招待状だった。

第八話　隠者は奴隷オークションで奴隷を競り落とす

「紳士、淑女の皆様おまちかね～！　本日十一番目の品はこちら、動物系亜人奴隷のなかでは人気トップ3に入る、ピンと立ったウサ耳が可愛らしいネザーランドドワーフラビット族の血を引く、十四歳の生娘だ。気性が激しい者が多い同種族の雌では、珍しく大人しい娘！　スタート価格は一〇〇〇万Gから!!　それでは、レディィィ、ゴォオオ！！！」

オークションの司会が魔導式マイクを片手にハイテンションで商品である奴隷の紹介をする。

「一〇一〇！」

「おおっと、お客さん、その上げ幅はイエローカードですぞ！」

司会は、レートを十万上げた入札者に黄札を上げて注意する。既にオークションは終盤に突入したので、ローカルルールで通常の十万ではなく、五〇万単位での入札になっている。

司会にイエローカードを上げられて、一〇一〇を上げた入札者が項垂(うなだ)れている。あの黄札は今後、十回出席するまで有効になっていて、三枚貯めると、このオークションに出禁になるからだ。

わかる。わかるぞ。

たしかに黄色の髪が可愛い女の子で、小柄なのに発育もいい、種族特性が生きた見事なロリ巨乳。思わず俺も手元に置いて愛でたくなる愛らしさだ。

　有り金叩いて買いたくなるのも無理はない。

「一〇五〇！」

「一一〇〇！」

「ハン、一二〇〇」

「一二五〇！」

「フン、一三五〇！」

「一四〇〇！」

「チッ、一五〇〇‼」

「……クソッ」

「一五〇〇、只今の落札価格は一五〇〇です。他にはいらっしゃいませんか？」

　司会がさらなる入札者がいないか確認する。

　ガンガンッ！

「それでは一五〇〇万で落札です」

　ハンマーを叩き、司会は落札確定宣言をした。

❖　❖　❖

可愛いウサギの獣人を落札したのは、オークと見紛うほど腹の出たどこぞの貴族で、好色な目で落札した少女を見ていた。

うん、可哀想だけど、あの娘の未来は真っ暗だね。合掌。

一方、最後まで競っていたのは豚貴族とは対照的な、この場にいるのが似合わないイケメン貴族。

あのネザーランドドワーフラビット族の奴隷少女との間に、訳アリ臭がプンプンする。まぁ、俺には関係ない。

俺は奴隷商人に頼んで、この奴隷オークションに参加する奴隷のなかで、俺のダンジョン作りをサポートさせる人材がいないか予め調べてもらった。

アルバートのアホの婚約者を救出するのに間に合わなければ見送るつもりだった。

しかし、ぎりぎりで見つかったと、拠点にしている宿屋に手紙が届いたので、俺は即座に連絡を取った。

さっきの娘も夜のお供には最適だろうが、しばらくは旅暮らしをすることになる上、目的地に着いたら間違いなく戦闘になる。

【鑑定】したステータスであの娘の素質は十分だったが、各ステータスが十分に育っていなかったので、俺は購入候補から外した。

将来的にはハーレム作成も視野に入れているので、ハーレム作成の際には、同じネザーランドドワーフラビット種族の娘を考慮にいれておくか。

「さて、皆様、本日最終最後の目玉商品！　流れる白銀の髪に鍛えあげられた傷一つない褐色の肌、本日のオークション最大の目玉！　ダークエルフの生娘の登場です!!」

司会の言葉に従い、商品であるダークエルフの娘がホールに出てくる。

尖ったその長い耳は人間のものではなく、確かにエルフのそれで、身長は一六三センチくらいか、俺の頭一つ分ほど低い。

その身に纏っているのは他の奴隷たちが着ているのと同じ簡素な貫頭衣であるが、胸は布地の胸の部分を大きく押し上げ、激しく自己主張すると共に、女としての色気を放つ。

尻も太腿も引き締まってはいるが、女性的なやわらかさを感じさせている。

対照的に顔は目鼻が整っていて、瞳には奴隷によくある絶望や諦観といったものが浮かんでいなかった。

その美貌と身に纏う雰囲気に、この場に感嘆のどよめきが溢れる。

かくゆう俺もそのダークエルフの容姿を見て一瞬驚き、声には出さなかったが、腹の底では笑いが止まらなかった。

なぜなら、あのダークエルフの容姿は、俺が『ダンジョン・シード』で複数回ダークエルフでプレイしたときにキャラメイクした中で、三指に入るお気に入りのアバターと全く同一のものだったからだ。

芸術的に見事な巨乳ダークエルフ。戦闘ステータスも確認したが、俺のサポート、護衛としても十分で申し分ない。また、彼女の職（クラス）も魔術師系最上位隠し職である俺の隠者（ハーミット）との連携に適している魔狼騎士（フェンリルナイト）か。いいセンスだ。

余談だが、『ダンジョン・シード』でも隠者と魔狼騎士はあった。

しかし、魔狼騎士はキャラメイクで選べず、敵キャラのダークエルフの男女のクラスとして登場した。一方、『ヴァルキュリア・クロニクル』ではプレイヤーキャラとして選択できる。

「それでは入札を始めたいと思います。スタートは二〇〇〇万からです」

「三〇〇」

司会者が言い終えるとすぐに誰よりも早く俺は間髪入れずに入札価格を告げる。

「あの、お客様、正気ですか？」

司会が俺の真意を探るように告げてきた。

「ああ、至って、本気で正気で大真面目だ。そちらが提示した額に、俺が見出したその奴隷の商品価値を告げたまでだ。

オークションという形式ではマナー違反なのは承知しているが、ちまちま値段を釣り上げていく、セコくて無駄な時間を費やすよりも、俺はさっさと商談を成立させてその娘と楽しみたいからな。ああ、もちろんはったりではない。ほら、きちんと金は用意しているぞ」

俺はそう言って、白金金貨三枚を目の前の俺専用の入金台に載せる。

「……分かりました。他にはいらっしゃいませんか？」

「フンッ、三一〇〇！」

さっきの豚貴族が金を目の前に台に載せた。

「四〇〇〇」

俺は白金金貨を一枚追加する。

周囲を見回したが、豚貴族以外では俺に対抗しようとする者はおらず、俺と豚貴族の競り合いを皆、静観するつもりのようだ。

「四五〇〇！」

豚はさらに金貨を五枚追加した。

「……はぁ」

俺がため息をつくと豚は勝ち誇った笑みを浮かべた。

「六〇〇〇」

俺は白金金貨をさらに二枚追加した。

「なんだと!?」

声を荒げた豚貴族が席を立ちあがった。

「……他に入札される方はいらっしゃいませんか？」

司会が周囲に確認をするが、豚貴族も入金する反応がない。白金金貨六枚は小城であれば一つ建てられる金額だ。

「では本日の目玉商品は六〇〇〇万にて落札です」

ハンマーをこれまでしてきたように机に叩きつけ、司会は俺の落札を確定した。

俺と競っていた豚貴族が俺を睨んでいたが、俺は無視する。

❖　❖　❖

「毎度ありがとうございます。お気をつけてお帰りください」

オークション会場責任者の奴隷商人から挨拶され、俺は言葉を返さず頷く。

精算を終えた俺は、奴隷の証である首輪をつけたダークエルフの美少女を連れ、拠点にしている宿に戻ろうとしたが、案の定その途中で、三人組の自称冒険者——チンピラの襲撃を受けた。

「へっへっへ、大人しくそいつをこっちに引き渡せば痛いめ、グバッ」

得意気にお約束の台詞を述べようとしたリーダー格の顎を、俺の無言の指示を読み取って、ダークエルフの少女が遠慮なく殴り飛ばした。

「一人は生かしておけよ？」

「……かしこまりました」

まだ名前も聞いていないダークエルフの少女は、特に不満を見せることなく、俺の指示に頷く。

襲撃者達は呆気なく全員一撃で戦闘不能になり、最初に殴られた男以外は既に死んでいる。

デブはダークエルフの少女に腹パンされて、どてっぱらに風穴が開き、カマキリのようなひょろ長男は持っていた長剣を少女に簡単に奪われ、袈裟斬りの一太刀であっけなく絶命した。

流石、騎士系クラスの隠し最上位である魔狼騎士のダークエルフ。チンピラでは格の違いを見せ付けるだけだった。

バシャァ!!

「がはっ、がはっ」

「さて、どこの大馬鹿野郎の差し金かは予想がつくが、答え合わせといこうか。おい、お前の雇い主は誰だ？　ああ、素直に吐いたほうが身のためだぞ。返答次第では俺の気が変わって、殺さないかもしれない。

そうでなければ、あそこに転がっている奴等以上に……もっと苦しんで死ねるぞ？」

俺は気絶していたリーダー格の男に水をぶちまけて起こし、話し合いを提案する。

「ひぃぃぃ……」

恐怖のあまりズボンの下に水溜りを広げている男は、簡単に洗いざらい喋った。

もちろん、俺は金で雇われて命を狙ってきたこいつを、バカ正直に見逃すつもりは最後までなかった。

第九話❶　とある侯爵嫡男の愚かなる末路

❖ブターダ・フォン・カオール・ヤオハチ・ゴリアスラ　視点❖

奴隷オークション会場からの帰り道。オレん家自慢の特製馬車の中で、今日競り落としてきた、ピンと立ったウサ耳が可愛らしいネザ……何とかという種族の黄髪の奴隷が、窓の外の風景を見ている。

馬車の中には、オレよりも名前が長く元貴族だったらしいこのウサギの雌獣人と、俺。二人いや、一人と一匹だけだ。

親父の寄越したむさい部下たちは、馬に乗せて馬車に並走させている。

オークション会場で目にしたときから、オレは小柄な体に見合わぬコイツの大きな胸が気になっていた。

家に帰ってからゆっくり味わうつもりだったが、辛抱たまらなくなった。今のうちに少しだけ味見をしても罰は当たらないだろう。屋敷に着いたら、今日落札し損ねたオークションの目玉——あのダークエルフの上玉が、屋敷に届くことになっているしな。

「オイ、お前！」

「……はい」

ウサギの獣人奴隷はオレの呼びかけに応じて、視線を窓の外からオレに移した。従順な所作だが、オレを主と敬っていないのがわかる。

「オレに背を向けて、ここに座れ！」

オレはオレの両膝の間を叩いて、座るよう命令した。

「……はい、ご主人様」

わずかな逡巡のあと、今日のオークションの戦利品はオレの命令に従って、おずおずとオレの目の前に腰を下ろした。

オレはすぐさまに、女奴隷が着ている貫頭衣の開いている脇から、立派に育っている胸を鷲掴んだ。

「あ、痛っ」

掌に伝わってくる温かく吸い付くような肌の感触にオレは気分が良くなった。夢中になって強く揉みすぎたようだが、所詮、相手は使い捨ての奴隷。気にする必要はないだろう。第一、オレの家の領地では獣人どもは消耗品の使い捨て道具だ。生き物じゃない。

アリシア殿下や、聖剣の守護者であるリーナ公爵令嬢。そして、最近になって偉そうにしゃしゃり出てきた田舎貴族の勇者アルバートの奴は、獣の特徴を持つ獣人も人だと喚いているが、オレはその神経を疑う。

明らかにオレたちとは違うじゃねぇか。

そんなどうでもいいことを頭の隅に追いやって、オレは思う存分目の前にある極上の玩具を楽しむことにした。

不意に膝上の玩具が太腿を擦り合わせるように動かしていたのが目に入る。どうやら、馬車に乗る前に飲ませたものがようやく効いてきているようだな。

下から掬い上げるように掴んだ奴隷の巨乳はオレの掌で覆いきれないぐらいに豊かだ。

ふむ、目測だが、アリシア殿下の人目を惹きつけて止まないものに、勝るとも劣らない大きさか。そう思案しつつ、オレは夢中でこの女奴隷の胸を堪能する。

「……ッ！　……ッ！　……ッ！」

ただ揉み続けるだけでなく、ときおり乳首を摘まむと、奴隷は小柄な体をわずかに跳ねさせ、面白いように反応した。

「どうした？　声を我慢する必要はないぞ？」

「……恥ずか、しいですッ！　あっ、ああんッ!!」

オレの問いかけに頬を上気させておずおずと、ウサ耳奴隷が答える。不意打ち気味にコイツのワレメを探り、大きくなった真珠を刺激した。その瞬間、一際大きく目の前のウサギが舞った。どうやら、愛撫だけで軽く達してしまったらしく、痙攣している。

オレのムスコも、目の前のウサギ獣人の予想以上に心地よい肌触りと、たぎらせてくる艶やかな反応にギンギンになって、臨戦態勢に入った。まだ屋敷には着かないが、もうこのまま目の前のウサギの女を堪能するとしよう。

そう思いたち、未だに痙攣しているウサギ奴隷を味わうために今座っている座席に載せようと立ち上がろうとしたところで、突然、馬車が今まで感じたことがないぐらいに激しく揺れた。

「な、なんだぁ？」

立ち上がりかけていたオレはバランスを崩して立っていられず、座っていた座席に盛大に尻餅をつくハメになった。

聞き間違いか、外から御者と親父の部下達の悲鳴のような声が聞こえたぞ？

そして、いきなり馬車の扉が開き、血濡れの長剣を手に持って、黒い覆面をした闖入者が現れた。闖入者は倒れているオレの戦利品を一瞥してから視線をオレへ移し、手に持った剣でオレにおもむろに突き刺した。

「ぐああああああ」

オレの口から出たとは思えない大きな声が、耳に届いた。

「安心シロ、スグニ殺シハシナイ」

そう言って、コイツは徐々に剣を深くオレに突き刺していきながら、オレの奴隷に何か魔術をかけやがった。

「オレの奴隷にナニしやがる！」

黒覆面は侯爵家の嫡男であるオレの抗議を無視しやがった。気に入らねぇ。

魔術で偽装しているのか、声色が不自然に高く、特徴らしい特徴がない。黒い服を着ていることから、どの手の者かもわからない。

「お前、あのオークションの奴隷商人の一派か!? このオレをゴリアスラ侯爵が嫡男、次期当主であるブタータ・フォン・カオール・ヤオハチ・ゴリアスラ様と知っての狼藉がああっ」

オレは声を荒げて問い詰めるが、返答代わりに剣をより深く差し込まれた。

「違ウナ、オ前ニ恨ミヲモツ者ダ。……準備ハ終ワッタ。サア、地獄デオ前ヲ待ツ輩ノタメニ心置キナクコノ世界カラ旅立テ!!」

より深く体に刺さる剣が、傷を受けてはいけないところに刺さった感触と、流れてはいけないものがどんどん勢いよく体から流れ落ちていく感覚……体が指先から冷えていくような肌寒さを感じながらオレの意識は闇に沈んでいく。

ちくしょう、こんなハズじゃなかったのにぃ……。

第九話❷ 隠者は報復のために対象が乗る馬車を強襲する。

俺を襲撃してきたリーダー格だったチンピラと軽く尋問(おはなし)したところ、案の定、この自称冒険者三人組の雇い主は、先ほどのオークション会場で、俺とダークエルフの奴隷を競ったあと睨みつけていた、豚貴族だった。

もとい、奴の正式名称は、ブタータ・フォン・カオール・ヤオハチ・ゴリアスラという王国の有力貴族、ゴリアスラ侯爵の放蕩馬鹿息子だった。

どちらにしろブタ貴族だったな。うん。

「……今後の話はあのブタ貴族を片付けてからだ」

「はい。ご主人様にお任せします」

オークションで、俺が競り落とした銀髪金眼の美少女ダークエルフは、俺の判断に不満を見せず同意してくれた。

まぁ、奴隷だから主の命令に拒否権は最初からないが、さっさとブタ貴族へ報復すべく行動開始だ。

ダークエルフの美少女には、俺の後についてくるよう指示して、俺はマップで、ブタ貴族の現在位置を確認。

オークション会場を出た後に、奴が何か仕掛けてくる気がしていたので、あらかじめ使い魔に尾行させていたから、奴の居場所はすぐにわかる。

丁度、標的の豚貴族は、王都東にある貴族の屋敷が散在している森に向かうところだった。

馬車道以外、全ての森は各貴族の私有地ということで、無駄に遠くて、無駄に広い。王都の中心まで無駄に時間がかかるという3Mな場所だ。

木が乱立して視界を遮っているおかげで襲撃し放題で、何でこんな所に住むのかと甚だ疑問だが、考えるだけ無駄なのでやめた。

便利で使い慣れているVRMMORPG『ヴァルキュリア・クロニクル』の機能を与えてくれた神(ガイアス)に感謝しつつ、俺は装備を【隠蔽】【認識阻害】【戦速上昇】の効果をもつ『黒装束』と、【声色偽装】【全状態異常耐性】の効果をもつ『黒頭巾』に変え、さらに【移動速度上昇（ＳＳ）】の『雷神の靴』を足に穿く。

ゴブリンの洞穴でも着ていたが、どこを見ても巷にいる魔術師というよりも暗殺者な装いだ。

種族の身体能力と魔狼騎士（フェンリルナイト）のクラス効果があるとはいえ、大金出して買ったこのダークエルフの奴隷を置いていくことは躊躇われる。

俺はメニューコマンドからダークエルフにも、アイテムボックスの中にある予備の『雷神の靴』を装備させて目標の馬車を目指して駆け出す。

しばらくして、森のなかの一本道を護衛を連れて進む目標の馬車を確認した。

俺は、魔力で繋げたひょろ長チンピラの死体をアイテムボックスから取り出し、馬車の進行方向手前に投げ落とした。

突然の出来事に馬車馬が恐慌し、それに動揺している護衛たちに、俺は音も無く近寄って、チンピラのリーダーがもっていた数本のダガーを護衛たちの首筋の動脈に次々に突き刺した。

俺は、呆然としている御者をはじめ、護衛たちに態勢を立て直される前に全員皆殺す。悪いが敵側の人間で俺の襲撃姿（このすがた）の目撃者（もくげきしゃ）を生かしておく訳にはいかない。

続いて、恐慌状態になっていた馬車馬二頭と馬車を固定してた革紐を斬り落とす。

馬車馬二頭を【治癒魔術】の『鎮静』で精神的に落ち着かせ、追いついてきたダークエルフに手綱を引かせて確保させた。

そして、俺は動かなくなった箱馬車の扉を一気に開けた。

動かなくなった箱馬車の中で、ブタ貴族は下半身を露出して、股間の粗末なポーク○ッツでお楽しみの……直前だったようだ。

野郎のナニを眺める趣味はないので、俺は他に邪魔になるものがないか確認したところ、奴の目の前に、うつ伏せで気絶しているウサギの女獣人がいた。

外傷はないが、俺がステータス状態を確認したところ、彼女は〈発情〉〈気絶〉となっていた。

彼女の状態を見る限り絶頂を迎えたら、通常の〈発情〉は解除されるはずだ。解除されずに継続していることから媚薬を使われたようだ。

気絶しているこのウサ耳の獣人に、俺は見覚えがあることに気付き、目の前の見苦しいブタ貴族が落札した愛玩奴隷だったのを思い出した。

とりあえず、気絶しているウサ耳獣人の〈発情〉を治癒魔術で解除し、『奴隷の首輪』にかかっている奴隷魔術の主人を俺になるように上書きする。

並行して俺は、鉄剣を大声でわめき出したブタ貴族の脂肪満点のどてっ腹に、ぶっ刺してやった。

「ぐああああああ」

ブタ貴族から耳障りな悲鳴があがった。あまりにも耳障りなのでさっさと引導を渡してやりたいが自重しないといけない相応の理由がまだある。

「安心シロ、スグニ殺シハシナイ」

目の前の豚はまだ死んでいない。落ち着いて自分にそう言い聞かせるように『黒頭巾』の【声色偽装】によって声音を変えると、鼻につく臭いがした。見ればブタ貴族が失禁して、馬車の座席に臭くて汚い水溜りを作っていた。

俺が身に纏っている『黒装束』が汚れることはなかった。しかし、俺は内心で毒づき、奴隷魔術の術式の書き換えを終わらせて、即座にコイツを地獄へ送ることにした。

後に予定がなければ、このまま拉致して、生まれてきたことを後悔させるようにじわじわと嬲って殺してやりたいところだが、生憎、今後の予定は詰まっていて、これ以上貴重な時間を割いてやる気はない。

何故、奴隷魔術の上書きという面倒くさいことをするのかというと、厄介なことに『奴隷の首輪』には、首輪をつけている奴隷の所有者が死ぬと、道連れに自爆するという機能が付属している。

この『奴隷の首輪』は表立って流通していない魔導具であるが、【奴隷魔術】に習熟していれば主人の書き換えが可能だ。

以前は首輪と同じ効果をもつ『奴隷紋』という刺青のようなものが使われていた。しかし、奴隷の肌を傷付けるので商品価値が下がると忌避され、代用できる魔導具が開発された。そして、コストが掛かるが、奴隷の商品価値を下げない『奴隷の首輪』が、もっぱら使われるようになったのだ。

俺が競り落としたダークエルフもご多分に漏れず、俺を主人と登録している『奴隷の首輪』を着けている。

この愛玩奴隷も豚貴族の御者と同じく、運がなかったと言えばたしかにそれまでだ。

だが、気絶している状態で、このブタ貴族の道連れにさせるにはあまりに忍びない……というよりも、勿体無さ過ぎる。

「お前、あのオークションの奴隷商人の一派か!? このオレをゴリアスラ侯爵が嫡男、次期当主であるブタータ・フォン・カオール・ヤオハチ・ゴリアスラ様と知っての狼藉がああっ」

血迷ったブタ貴族が見当違いなこと言い出したので、剣を少し刺し込んでやった。

「違ウナ、オ前ニ恨ミヲモツ者ダ。……準備ハ終ワッタ。サア、地獄デオ前ヲ待ツ輩ノタメニ心置キナクコノ世界カラ旅立テ!!」

書き換え処理が終わったので、俺はさっさとブタ貴族の心臓に剣が届くように深く刺し、引導を渡す。

ブタ貴族が事切れたのを確認した後、俺はコイツの指示で死ぬことになったチンピラリーダーの死体をアイテムボックスから出した。

リーダーにブタを刺している長剣を握らせ、ブタ貴族にはチンピラリーダーの愛用のダガーを持たせる。

チンピラリーダーの胸へとブタ貴族が握っているダガーを突き立てさせ、諍いの末に相打ちになったように偽装した。

俺は最初から手袋をしているから、護衛どもを殺したダガーの持ち手はもとより、この長剣の握りにも俺の指紋は付いていない。

もっとも、この世界で指紋鑑定の技術があるか疑わしいが念のためだ。

あらかじめ馬車の周辺には警戒用の使い魔を放ち、異変に気付いた人間がここに来る前に撤収は完了できる。さらに音が外に漏れないよう防音の結界魔術の『無音領域(サイレントフィールド)』を張っている。

俺はアイテムボックスから毛布を取り出して、兎獣人奴隷を包み、いわゆるお姫様抱っこで抱き上げて馬車から出た。

「この獣人も連れて行く」

「かしこまりました」

俺の言葉に箱馬車の外で待機していたダークエルフの美少女は反論せず、俺に従った。打てば響くような声と反応が、心地良い。

俺は馬車馬だった馬に、気絶している獣人が落ちないように固定した上で、アイテムボックスから鞍を出し、馬につけ、ダークエルフと共に王都にあるセーフ・ハウスに行くために進路をとった。

第十話　隠者は隷属させたダークエルフと初夜を過ごす

ブタ貴族に報復した俺は、襲撃される原因になった銀髪金眼のダークエルフの美少女と、ブタ貴族が競り落としたネザーランドドワーフラビット族と人族のハーフの獣人少女を連れて、王都エルドリアに確保しているセーフハウスの一つに到着した。

ダークエルフの少女は、奴隷でありがちな絶望と諦観に支配された瞳をしていない。

誇り高いエルフ族だから人族である俺を見下し、反発するだろうという俺の予想に反し従順で、まるで長年連れ添った者のように俺の意図を汲んで行動してくれている。

ウサ耳獣人の少女は、ブタ貴族に媚薬を盛られて強引にイかされて気絶し、奴の粗末なポーク◯ッツで性交を強要されそうだったところを、俺が奴から『奴隷の首輪』の術式の書き換えを行って奪った。

まだ目覚めずに気絶している。

「すまない。まだ名前、聞いていなかったな。教えてくれないか？　俺の名はカノン。見てのとおり冒険者だ」

ようやく一段落して、俺は肝心なことを後回しにしていたことを思い出し、謝罪をしながらダークエルフの少女に自分の名前を名乗り、名を訊いた。

「かしこまりましたご主人様。わたしの名前は誇り高き、ダークエルフのザード家の末裔――シェヘラ・ザードと申します。親しい者からは〝シェラ〟と呼ばれていました。

奴隷になった経緯は、住んでいた森をエルサリス王国に侵略された際に、卑怯な策に陥り捕虜になって、奴隷として売られたからです」

主人である俺が謝ったことに金の瞳を一瞬、見開いて、シェラは奴隷になった経緯も教えてくれた。

今晩使用することになったセーフハウスだが、俺は【黄金律（ＥＸ）】のおかげで、無制限に使える金を最大限に利用して、王都の各所と近隣や主要街道にある街に複数確保している。
間取りが１Ｋの一部屋だったり、今回使用するコテージのようなものだったりと様々だ。
また、各セーフハウスのメンテナンスは使い魔に任せているから汚部屋になることはない。いずれ王都に攻め入ることがあったときに利用できるかは不明だ。

しかし、準備していて無駄になるかは現状未知数なので、そのときはそのときと割り切っている。

アリシアの［成人の儀］のためにアリシアとパーティを組んだときは、アルバートさえいなければ魔術訓練用に使っているセーフハウスを使い、ゆくゆくは俺のものにするアリシアのために魔術の訓練をしてもよかった。

しかし、アリシアがいるところには、トイレと寝所以外九割九分アルバートが一緒がいるので、使うのを断念した。何よりアルバートが俺の家に立ち入るかと思うと怖気が立つ。

俺達はセーフハウスの中に入って一階の食堂にいる。

テーブルを挟んで俺の正面には、保護した兎獣人の奴隷少女が座っている。気絶していたが、日が沈んだ頃に目を覚ました。

ダークエルフのシェラには、冷凍保存していたシチューを温め直すことをお願いし、彼女は台所にいるのでこの場にはいない。

俺が名乗るように促すと、ピンと立ったウサ耳が特徴の少女が、おずおずと口を開いた。

「名前、アーナリア・フォン・サイサリシア・ヴェガ……〝アーナ〟といいますぅ。公爵だったお父様と一緒に王都で暮らしていましたぁ……」

兎獣人少女――アーナの話では、彼女の母はネザーランドドワーフラビット族の平民の出で、人族で公爵だった父に見初められ、二人の間にアーナが生まれた。

小さいころに母を亡くした頃の彼女の父は、準王族の公爵で領地も持っていた。

しかし、獣人を虐げるこの国の貴族達の言い掛かりで、アーナの父は獣人を妻にしたことを理由に王命で領地を奪われ、王都に法衣貴族として移住することになったそうだ。

ユピタリス聖教は亜人差別を積極的に奨励しているので、代替わりしてから、ユピタリス聖教を国教に定めた現国王も共犯者（グル）だ。やはり腐ってやがるなこの王国。

アーナの父親は苦しい生活を乗り切るために、地道に慣れない商売をした。次第に顧客も獲得していき、いつしかアーナの父親は王国に名を連ねる富豪になっていた。

しかし、顧客だったある貴族が取引を一方的に止めた日を境に、運命は再び下り坂になり、借金がどんどん重なってしまった。

今度は冒険者となって稼ぐことにしたアーナの父に対し、きちんとした教育を受けていたアーナも借金返済に奔走していたが、ある日、父は自宅で首を吊っていたらしい。遺書はくまなく探したが見つからなかったそうだ。

アーナは父の突然死と天涯孤独になったことに酷く落ち込んでいた。

しかし、当時借金返済のためにメイドとして働いていた屋敷の貴族――オークションでゴリアスラ侯爵のブタ息子と競り合った青年貴族の親が、アーナを部屋住みのメイドとして雇うと言ってくれた。

死んだ父親の借金が残っていたが、子供が借金を引き継ぐ道理はない。

道理はないのだが、色濃い獣人差別がある上に獣人のハーフ、さらに天涯孤独のであったアーナを擁護できる者はいなかった。

――青年貴族とその家族は擁護を試みるが、肩代わりをするには借金が多すぎた。

こうして身柄を押さえられたアーナは、返済の名目で金貸しに奴隷として売り出されてしまったのだという。

俺がブタ貴族に報復しなかったら、アーナは晴れてブタ貴族の性奴隷になり、飽きられたら放り出されるか、生ゴミと一緒に捨てられていただろう未来が待っていたのだ。

ブタ貴族の巷の黒い噂は真実であり、ギルドの依頼で俺は、何回か屋敷の周辺を調査した。

奴の屋敷裏のゴミ捨て場には、ブタ貴族とその家族に壊されたと思しき全裸の奴隷の遺体が放置されていた。

「アーナが選択できるのは二つ。一つは現状維持で俺の奴隷のままでいるか……否、俺の情婦（おんな）になって俺の侍女になるか。

もう一つは俺の下で召使として働いて金を稼いで、自分で自分を買って解放するかだ。俺は王都の阿呆どものように、獣人だからといって不当な差別をするつもりはない。

ひとまず、明日の朝までにどうするか決めておけ。間違っても、何も言わずに逃げ出そうという血迷った考えをするなよ？　もし、逃げ出したときは地の果てまで追いかけて、問答無用で奴隷商人に売り払うからな？」

俺がそう言うと、アーナはびくびく震えながら神妙な顔で、コクコクと首を縦に振った。

「ご主人様、食事のご用意ができました」

シェラがカートに鍋と一人分の食器を載せて来た。

「ああ、ありがとう。シェラ。ん？　シェラ、お前たちの分の食器は？」

俺はカートの上に載っている食器が一人分しかないことに気付いてシェラに尋ねた。

「奴隷であるわたしたちが、ご主人であるカノン様と一緒に食事をとることはできません」

「対外的にはそうしないといけないことなのかもしれないが、身内だけのときは、一緒にとるようにしてくれ。時間の無駄だし、折角の料理の味が落ちる。それと一人だけで食べても味気ないからな。

何より見られている中で食事をするのは、俺が落ち着かない。奴隷だからできないと言うならば、これは［命令］だ」

平然と応えたシェラに、俺は苦笑いを浮かべながらそう告げると、シェラと先程から目の前で怯えて震えていたアーナが驚いていた。

使用人と主人の間ですら一緒に食事をとることを憚っているのに増して、奴隷と主人という関係で言えば俺の考えは異常なのだろう。全くもってどうでもいいことだが。

「かしこまりました」

「ああ、簡単なサラダとパンを追加するから、二人はお互いに軽く自己紹介をしていてくれ」

「はい」

「……わかりましたぁ」

シェラとアーナの二人にそう言うと、言外の［命令］と感じ取った二人の返答を聞いた俺は、サラダに何を使うか検討しながら台所に移動した。

台所にあるシチュー鍋に火をかけていた魔導コンロは、大型の特注モデルで、王国では珍しい焼き魚も簡単にできる優れものだ。

俺はアイテムボックスから、まな板と愛用の菜切り包丁を出して、水洗いしたレタスと大根、キュウリを食べやすいように切って、サラダボールに盛り付けていく。野菜類は地球と全く同じものが、同じ名前で存在しているのでありがたい。

それらだけだと物足りないと思ったので、アイテムボックスにつくり置きしている蒸し鶏のほぐし身を中央にのせた。ドレッシングはレモンとビネガー、ハーブソルトを混ぜた自家製ドレッシングだ。

パンもアイテムボックスから食パンを三斤取り出して、ブレッドナイフで丁寧に切っていく。デザートも欲しくなったので、洗った林檎をフルーツナイフでウサギの形に整えて皿に盛った。

サラダボールとパン共にシェラとアーナの食器を予備のカートに載せて、俺は食堂にカートを押して戻った。

俺が戻ってくると、二人は多少打ち解けたようだった。

シェラとアーナは俺が持ってきたものに驚いていたので、俺は二人に任せる仕事は体が資本になる仕事だから、食事はよほど懐事情が厳しくならない限り、きちんととることを二人宣言した。

「火にかけているときから素晴らしい匂いで、まさか温かい食事をいただけるとは……」

「えぅ、えぅ、美味しいぃ。とっても美味しいですぅ」

シェラは冷めていない温かいシチューの味に深く感嘆し、アーナは涙を滝のように流しながら、俺が作ったクリームシチューを食べていた。

食事が終わった後、時刻はもう深夜をまわっていたので、俺は今後の話し合いを明日に持ち越すことにした。

食後、奴隷生活をしていたシェラとアーナには、コテージの浴場で体を洗って汚れをきちんと落としておくように命じた。

俺は彼女等とは別に寝室の隣りに作ってある浴室で、独りで今日の疲れと汚れを落とした。

シェラとアーナと一緒に風呂に入って、二人に体を使って奉仕してもらうという素晴らしい選択肢もあったのだが、それよりも優先すべき使い魔から得たアリシアたちの情報の整理と、これからのことを一人で考える時間がほしかったので我慢した。

また、今夜はシェラとの初めての夜だ。

シェラと一緒に風呂に入ってしまうと、風呂水が滴るシェラの美しい褐色の魅惑的な肌を目にすることになる。

まず間違いなく、俺の理性は即座に蒸発して、その場で本能の赴くままに、シェラをヤってしまうのは確定的に明らかだ。

おまけでアーナも一緒に食べてしまいかねない。もちろん性的に。

俺は俺の情婦たちには俺の子を産んで、きちんと愛情をもって、子育てさせるつもりでいる。

やるべきことが山積みなので出産させるのは当分先になるが……故に基本方針としては和姦でいくつもりなのだ。

だから、俺は今回は我慢をして、シェラと一緒に風呂に入るのは次の機会にすることにした。

それから、俺はシェラとアーナが着ていた貫頭衣を処分して、知り合いの奴隷商人に頼んで用意してもらった下着と夜着を着替えとして二人に渡した。

二人は奴隷だから、着替えを何も渡さないという選択肢も一瞬だけ浮かんだが、食事で上げた好感度をそれで下げるのも馬鹿馬鹿しかったのでやめた。

特にアーナには、あまり内容は変わり映えしないが選択肢を与えたので、変な心変わりされないように、着替えの用意をしておいた。とはいえ、アーナにきちんと合わせたものはない。明日シェラ用に服を買いに行く際に、一緒にアーナの下着を買うことにした。

下はシェラの予備でなんとかなったようだが、上に関しては若干アーナには大きく合わなかったようで、今夜のアーナはノーブラである。アーナの胸も十分大きいのだが、これればかりは仕方がない。

それから、見た目に悪いシェラの『奴隷の首輪』を無効化して外したかったのだが、俺の奴隷魔術では外すことができなかった。幸い、目立たないサイズまで小さくすることはできたので今回はそれで我慢することにした。流石にシェラの綺麗な肌に『奴隷紋』を刻んで傷つけるつもりは俺にはない。

風呂から上がった俺は、バスローブを着てベッドに座わり寛ぎながら、使い魔の収集した情報をノートにまとめた。

どうやら、アルバートのアホは積極的にアリシアにアタックしているが、アリシアがのらりくらりとかわしているため、全て空振りしている。今夜は王城に潜入させている使い魔を使ってアリシアをサポートし、アルバートを追い返すのに成功した。

情報整理が一段落したところで扉がノックされ、シェラの入室許可を求める声が静かな部屋に響く。

すぐに俺が許可をすると、褐色肌が映える白と銀色のネグリジェに身を包み、顔が赤くなっているシェラが寝室に入ってきた。

「…ん…あっ、ご主人様、んぶ、ちゅっちゅっ……」

ベッドの上に座った俺は、バスローブを纏った自分の膝の上に、風呂上りのシェラを座らせる。

シェラの背後からその立派な双乳を掌で堪能しつつ、シェラの唇を貪った。

何をするかは知っているが具体的にどのようにするかは知らない、と恐縮して自己申告してきたシェラには、リラックスして俺に身を委ねるよう言い聞かせてあるから、俺のなすがままだ。

「ご主人様に先にお話しておかなければならないことがあります。わたしの体には貞操を守るための強力な呪術が父と母によってかけられております。

わたしが心を許していない輩が、悪意をもって触れようとしますと、一回目は私に触れさせない空気の壁による警告、二回目は強めの反発。三回目には強力な衝撃が不埒者を襲います。

わたしが心を許したお方であるご主人様だけがこの呪術は効果を失い、わたしに触れることができるようになっています」

「……その呪術で四回目に不埒者がシェラに触れようとすると、どうなるのだ？」

「わたしに三回の警告をさらに無視して触れようとした者は、蒼炎に包まれて灰も残りません」

何その呪術？　怖い……。俺以外の男がシェラに触れることができるのは、シェラが怪我した際の治療行為となる訳か。まるで呪術によるシェラの貞操帯のようだな。

俺限定でシェラに触れることができるならありがたいが、シェラが心変わりしたら怖いな。

「心配されなくて大丈夫ですよ。わたしの心はご主人様だけのものですから」

笑顔でそう告げるシェラだが、興味本位で聞いたシェラを守る呪術が思いの外強烈なものだったので、俺のこめかみから冷たい汗が垂れた。

ふと先程のやりとりが脳裏を過ぎって俺は内心で苦笑いをした。俺はきちんとシェラに触れて、その確かな体温を肌で感じているので安堵する。

シェラの胸は掌から溢れるほどの大きさをもち、下から掬い上げると確かな重量と反発する心地よい弾力が、指に沈み込ませる質感を与え、俺を楽しませてくれる。

「……ッ！」

勃っていた乳首を、不意打ち気味に、少し強めに摘んでやると、舌を絡め合っていた口が離れるほどに、シェラは感じていた。

「……あ、あの、ご主人様。あっ、耳は弱いからやめてくださいぃ」

シェラがもじもじと、身をよじらすが俺はそ知らぬふりをして、エルフ種の特徴であるシェラの長い耳を甘噛みしたり、舌を這わせて唾液まみれにするのを俺は止めない。

それと並行して、シェラの立派な胸を掌で包みこんで揉み、人差し指と中指の間に乳首を挟んで刺激を与え続ける。シェラは俺の膝の上で聞き飽きない嬌声をあげ続けてくれた。

ふと、シェラの尻下にあって、シェラの痴態に触発されて臨戦態勢に入っている息子が、バスローブの中で広い部分で湿っている感触が伝わってきた。

俺自身が暴発した訳ではないので、犯人は俺の膝上で嬌声をあげているこの美女しかいない。

「シェラ、欲しいか？」

俺は右耳を唾液まみれにしたので、両耳を制覇すべく右耳と同じく、左耳への甘噛みと繰り返していた愛撫を止め、褐色の顔を赤らめたシェラの耳元で、俺はそう囁いた。

「はい、わたしにください。わたしにご主人様のお情けをくださいい、ませ……はむッ……」

ダークエルフ特有の褐色肌の頬を朱に染めて、シェラは潤んだ瞳で俺の眼をしっかり見据え、俺の問いかけに頷き、懇願してきた。

その情欲を煽る表情にそそられた俺はシェラの唇を再び塞いで、彼女の口内を蹂躙し、舌を絡めて唾液を交換した。

ディープキスを終えたところで、ベッドを背にして座っていた俺は、シェラの下から体を抜く。

シェラから、褐色の肌に映える白と銀糸でできたネグリジェを取り去り、俺はさりげなくアイテムボックスにしまいこみ、シェラをブラとショーツだけの下着姿にして優しくベッドの上に押し倒した。

肩紐がなくフリルが施された白いブラが、シェラの豊かな双胸を包んでいる。その乳房の先端が激しく自己主張しているのは一目瞭然。

純真さを思わせる色とは対照的に扇情的なブラとお揃いで、シェラの大事な部分を覆っている、清楚で白いショーツのクロッチ部分には、シェラの愛蜜でベトベトに濡れ、薄っすらとその秘貝が浮かんでいた。

そして、その情欲をそそる艶姿の主・ダークエルフの美少女は、俺の手で絶頂し、未だにその余韻に浸りながら頬を紅潮させて虚ろな瞳で俺を見つめていた。

俺はシェラの顔から再度豊かな胸を経由して両膝の奥へ視線を移した。

そこは先ほど目にしたとおり、彼女が分泌した愛液が溢れてショーツに大きな染みをつくっている。

ショーツを侵略した愛液は恥部を隠す役割を奪いながら、ベッドシーツにも染みをつくりだして、徐々にその染みを広げていた。

「ん……ん……んん……」

俺の息子が先ほど感じた濡れた感触は、シェラのショーツから染み出て、俺のバスローブに染み込んできた愛液のものだった。

俺はベッドに身を横たえて蕩けた表情をしているダークエルフの美少女から、役目を果たさなくなったショーツをそっと脱がした。

シェラは無抵抗で従順に俺の成すがままになりながら、俺の行動を受け入れている。

俺はショーツをシェラから抜き去ると、愛液が滴るシェラの股間に顔を埋める。

彼女の髪と同じ色だが薄い恥毛に隠れている淫裂に舌を這わせ、先ほどの俺の愛撫で大きく勃起している淫核を舌先で小突いた。

「ああっん！♥」

途端にシェラの体が刺激で跳ねる。

女性らしい肉付きの両腿が俺の両頬を挟み込むが、俺は気にせず両腕で彼女を押さえ込み、淫核への愛撫を続けた。

「あ、あッ、あッ、待って、待って、ください、ご主人、様、わたし、またイっちゃう、イちゃいます、あッ、あッあッあああ〜〜〜!!♥」

シェラの訴えを無視して俺は彼女の淫豆を舌先で小突き続け、彼女の体の痙攣の激しさに合わせてシェラを絶頂に導くトドメに、軽く歯先で彼女の淫核を甘噛みした。その効果は抜群で激しく痙攣したシェラは潮を吹いた。

俺は勢いよく顔にかかったシェラの潮を手で拭ってそれを舐め取り、先走りを垂らしている欲棒をシェラの淫裂に擦りつけて、シェラの愛液を纏わせる。そして、俺はシェラの膣孔を探し当てた。

「シェラ、心の準備はいいか?」

俺はバスローブを脱ぎ捨てて準備を整えた。シェラの呼吸が整い、意識がはっきりしたところで、俺は、シェラを気遣って声をかける。

「……はい」

シェラの短いが確かな返答を確認して、俺は一息に自分の腰を押し進めてシェラの腰に密着させた。

「ふぐっ……痛ッ…くうううぅ」

俺の欲棒はシェラの処女聖域を侵し、一気にシェラの純潔の証に抵抗をさせる間を与えずに穿ち貫き、先端をシェラの聖宮の入口に押し付けた。

シェラが純潔だった証が、俺によって破られたことを示す赤い雫となって、ベッドシーツに流れ落ちて染みを作っていた。

「くっ、これはすごいな」

俺はあまりにシェラの膣内の気持ち良さに思わず呻いてしまった。

俺の肉棒は無数の肉襞に覆われて優しく包み込まれ、男を知らなかった子宮口は、俺の先端を程よい力で咥え込み、膣孔の入口は俺の分身を離すまいと強く締めてきた。

十分に準備したとはいえ、処女であったシェラの膣内は狭かった。

しかし、その感触からシェラが名器であることを実感すると共に、激しく動いてシェラを味わいたいという肉欲を俺は、破瓜を迎えたばかりで痛みに震えるシェラを気遣う理性で押さえ込んだ。

「あ……ご主人様、わたしはもう大丈夫ですので、どうぞお好きなように動かれてください」

その両瞳の端に大粒の涙を浮かべ、健気に言うダークエルフの美少女に、俺はその目端に口付けて、涙を吸い、彼女の膣内から肉竿をゆっくりと抜いていく。

肉襞が俺の欲棒を刺激して、裏スジなど俺のツボを刺激していく。

シェラの方も明らかに破瓜の痛みだけを感じているのではないことが、その表情から伝わってきた。

亀頭が入口付近に戻ったところで俺は、再び一気に子宮口まで肉棒を突き入れた。

「〜〜ッ！♥」

シェラは声にならない声をあげた。俺はシェラの胎内への出し入れを繰り返したが、その速度は徐々に、上がっていき、シェラの子宮口に先端を打ち付ける間隔も短くなっていく。

「あっ♥　あっ♥　あっ♥　あっ♥……」

既にシェラの口からは嬌声しかあがらなくなっていて、次第に膣の締付けが強くなってきた。シェラの絶頂が近いことを知らせてくる。

対する俺も腰の奥から湧き上がる抗えない快感を感じ、自然とシェラの膣内を行き来する俺の魔羅の速度も上がっていく。

動き始めた当初と膣内の感触は変わり、シェラの子宮が降りてきているみたいだ。

「……くっ、シェラ、膣内に出すぞ！」

「はい、ご主人様の、子種を、わたしの子宮にください！♥」

お互い絶頂が近い中でシェラの返事を聞いた俺は、最後の一突きを渾身の力で、子宮口に先端がめり込むように行うと、シェラの締まりがこれまでで最も強くなって、俺の欲棒を締め付けきた。

俺もシェラがイクのとほぼ同時に、溜めこんでいた俺の白濁液をシェラの処女聖宮に流し込んで満たし、俺の色に染めた。

「～～～っ‼♥」

心地よい疲労を感じて、俺はシェラの体の上に覆いかぶさった。

しかし、俺以上に疲労して体に負担がかかっているシェラに、俺の全体重をかける訳にはいかない。

心地いいシェラの膣内から、少し縮んだとはいえ、まだ大きさを保っている肉棒を抜く気にはならなかったので、俺はシェラと体の置き場を入れ換えることにして、仰向けに寝転がり、気を失ってしまっているシェラの身体を胸に受け止めた。

シェラの豊かな胸が俺の胸板で潰れる感触が心地よく、少し萎えていた息子が、またもや臨戦態勢に入っ

たことに思わず苦笑いしてしまった。

しかし、起きる気配がなく、先ほど初めてを終えたばかりのシェラを相手にするつもりはなかった。

俺はベッド脇に避けていた羽毛布団をシェラごと自分にかけて、シェラと繫がったまま、目を閉じて次第に沈んでいく意識に身を委ねた……。

第十一話　隠者は？？？と邂逅する

わずかな浮遊感の後、俺の着地音が辺りに響く。

何もなかった空間に、俺が着地したところから草が生え、一面に草原が広がった。

はて？　俺はシェラと結ばれた後に、シェラと繫がったまま眠ったはずだが、と思考する。自分の姿はなぜか先ほどシェラと交わるまで着ていたバスローブ姿である。

「こうして貴方と面と向かって会うのは初めてですね。そして、おめでとうございます」

いつの間に現れたのか、目の前には樹木を思わせる深い緑色の髪をした健康的な褐色肌の美女がいた。

身長は一六〇センチくらい、白いワンピースを着ていて、青い瞳をしている。

彼女の耳はシェラのように長く尖っていて、シェラ以上に豊かな胸は、その豊かさを激しく自己主張して、ワンピースの胸部分を大きく押し上げている。

「……もしや、その姿は大地神ガイアスか？　男神ではなく、女神だったのか？」

俺は『ダンジョン・シード』の設定イラストから、目の前の神のイメージから最も近い存在を導き出して警戒しつつ、問いかける。

「はい、そうです。私が〝大地と生命、混沌を司る大地神ガイアス〟です。私は主に女神であるのですが、男神になることもできます。地球の人間たちには、男神としての私の方が知られているようですね。

さて、貴方をこの世界にお呼びしたときは、いろいろ立て込んでいて手が離せなかったため、メッセージでお伝えしましたが、貴方がダークエルフのシェヘラ・ザードを手に入れたことでようやく会うことができました」

俺の問いかけに満面の笑顔で答えるガイアス。

「……聞きたいことがあるが、それにも答えてもらえるのか？」

「はい。でも、私の年齢に関しては黙秘させていただきますよ。……それで、貴方がお知りになりたいのは、まずは『向こうの世界の俺の体はどうなったんだ？』でしょうか？」

「ああ、手紙にあったとおり俺は死んだそうだが、どうなったんだ？」

「社会的に肉体の死亡が確認され、お葬式で火葬されて灰になり、骨壷に入れられてお墓の中です」

目の前の女神は俺の問いかけに、抑揚がなく、まるでロボットが答えるように淡々と返答した。

どうやら俺の向こうの身体は、日本の典型的な和葬で葬られたらしい。

分かっていたことだが、少しショックだ。

「向こうの世界には戻れない？」

「はい、申し訳ありません。貴方が死亡してしまったときに、向こうの世界の神に問い合わせましたが、向こうの世界で蘇生は禁則事項のためできないと断られましたので、こちらの世界に転生していただきました。ほかに何かありますか？」

　わずかな期待があったがそれも潰えた。

だが、却ってこの世界で自由に生きる気が強くなってきたので、直近の不安を解消することにした。

「現状、俺の所持金がスキル【黄金律（ＥＸ）】でいくら使っても減らないが、これは今後も続くことなのか？」

「はい。それに関しては貴方をこの世界に転生させたときに『ヴァルキュリア・クロニクル』の没データにあった【黄金率（ＥＸ）】を貴方に付与しています。このスキルは永続効果があるので、失わない限りお金に困ることはないでしょう」

「失う？　スキルを失うことはあるのか？」

「はい。スキルは【技能奪取】や【技能消去】のスキルによって奪われたり、失われたりします。ですが、両スキルともに、貴方が今いる世界での使用が禁則になっているので、まずスキルを失うことはないでしょう。また、貴方がこの二つの禁止スキルを得ることもありません」

　セーフハウスを複数所有していたりと豪快に使っているので、きちんと所持金が減っていないのは確認している。しかし、今後何かの拍子に減るとなると行動の選択肢が減ってしまう。調味料もタダではないので、下手をすると食事の質が下がるから危機感があった。

「ほかに聞きたいことありますか？」

「この世界は俺が知っている『ダンジョン・シード』のシナリオに沿う形で、歴史は進むのか？」

「シナリオに沿う部分もあれば、沿わない部分もあります。既にお分かりと思いますが、貴方やシェヘラ・ザードのように、『ダンジョン・シード』で貴方が作成してエンディングを迎えたキャラの何名かはこの世界で一個人として存在しています。もしかしたら、貴方が彼等と出会うことがあるかもしれません。

また、貴方は『ダンジョン・シード』のシナリオとは違う未来を模索していますね？」

「まずいか？」

「いいえ、『ダンジョン・シード』のシナリオには、私も不満がある部分があったので、貴方が思い描く未来というのも大変興味深く一向に構いません。……他に何かありますか？」

それなら十分あの糞野郎（アルバート）にアリシアが性的に食われるのを防ぐこともできる。王城に潜り込ませる妨害と諜報の使い魔を増員するとしよう。

「どうしてこの世界は、俺がやりこんでいたゲーム『ダンジョン・シード』の設定とシナリオ、そして、VRMMORPG『ヴァルキュリア・クロニクル』の戦闘システムなどが混ざっているような世界なんだ？」

「それは貴方が元いた世界で、その二つのゲーム製作者たちがこちらの世界を無意識に参考にし、二つのゲームを作っていたからです。

そして、こちらの世界の神々が、その二つのゲームのシステム等の利便性を知り、面白がって、この世界の摂理を強引に改変して組み込んだからですよ……もちろん、ゲームに反映されていないものもあります。ゲームにあって、この世界の摂理に取り入れられていない部分もあります」

「なるほど。二つの世界は、二つのゲームを通して、お互いに影響しあっていたのか」

「ええ、そうです。実は、貴方が今いるこの世界とほぼ同じ並行世界が存在しますが、シナリオに関してこちらは『ダンジョン・シード』メインですが、他の世界では『ヴァルキュリア・クロニクル』がメインとなっているものもあります。……貴方を今から別の並行世界へ、転生させることはできません」

「そうか」

少し残念だが、俺はあらかた訊きたいことを訊き終えたので、最後の疑問を確認する。

「それでそちらの用件は、ただ俺の質問に答えるだけではないのだろう？」

「ええ、今回貴方にはアクティブスキルの【性魔術】を授けます」

「へ？【性魔術】？」

ガイアスの言葉に思わず、素っ頓狂な言葉が口から出ていた。

「貴方はダークエルフのシェヘラ・ザードと子を成す気ですね？」

「ああ……」

「【性魔術】の取得条件は、闇魔術を習得している最上位の魔術師系クラスの人物が、魔術や薬物を使わずに処女のエルフ種を堕とすことです。貴方は見事シェヘラ・ザードを堕としましたので条件を満たしました。スキル【性魔術】を簡単に説明をしますと、生命を生み出す性交渉などを媒介にし、相手の精神に働きかける魔術です。

その効果は魔力の侵奪や譲渡、深層意識に潜在させる軽い忌避を植えつけるなどの干渉に始まり、習熟すれば絶対的な精神支配を行うことも可能になるなど幅広くあります。現在、人間の魔術師・魔導師たちの間で【性魔術】は、完全に失伝しています」

説明をするガイアスの表情が一瞬曇った。

「現在はもっぱら淫魔と呼ばれる種族が、自身の食事のために用いるのに留まります。本来、【性魔術】は種族の繁栄に役立つものなのです。

しかし、現在の淫魔たちは、食事として使う『吸精』と、子を作らないために使う『不妊』といった数種類の【性魔術】を使用するだけです。そのため、出生率が悪いこの世界のあらゆる生物は、緩やかな滅亡へと向かっています」

なんか一部でスケールがでかい話に発展しているな。

「それが俺とシェラの子作りに関係あるのか？」

「あります！」

俺の疑問は力強い反論で返されてしまった。

「異種族間では、受精と出産の確率、出産後の生存率が極端に低いのですが、【性魔術】を使うことで、同族間だけでなく、異種族間でも、一〇〇％受精できます。

また、生殖関連の【性魔術】を使うと、この世界の全生物の生殖にも影響を及ぼし、滅亡を免れることができます……では実際にやってみましょう！」

女神の言葉と共に辺りが光に包まれた。

ピチャピチャと辺りにものを舐めるときに生じる音が響いている。

先ほどの草原のような開放感のある空間とはうって変わって、今は高級宿屋の一室のような空間——壁などがあるから一室という表現が妥当だろう。

その部屋のベッドの上で俺と女神ガイアスはお互い一糸纏わぬ姿で、互いの性器を愛撫していた。

ガイアスの陰部には彼女の髪と同じ緑色の恥毛が淡く生えていて、左右対称の綺麗な秘肉が一本の縦筋を作っていた。

「……んっ！……んっ！……んっ！」

ガイアスは俺に陰部を向ける形で覆いかぶさり、俺の息子を口に咥えて、頭を上下させながら愛撫をし、俺の舌が亀裂を何度も往復し、彼女の真珠に触れる度に反応していた——。

この部屋に移動したとき、俺はベッドに仰向けになりバスローブを脱がされ、全裸で寝転がされていた。

ガイアスは俺が見える位置に立って、先ほどまで着ていた白いワンピースを床に脱ぎ落とした。

ガイアスの褐色の肢体はしなやかで、薄暗い部屋の明かりを受けて魅力的に輝いている。

その胸は、姿を見たときに感じたとおり、彼女の母性を表すが如く大きな谷間を作っていて、垂れていないその頂きは、淡い桜色だ。

「無粋な話になりますが、【性魔術】を最も効率よく運用するならば、性交渉を用いるのが適切です。しかし、それだけではなく相手の肉体に触れるだけで行われる『精気吸収』や、眼を媒介とした『魅了視』というものも【性魔術】に内包されます。必要ならばそれらはご自身で調べてください」

「……ああ、分かった」

「【性魔術】の『支配（ドミネイト）』を使って、異性の対象を隷属させることも可能です。ただし、対象が『支配』に抵抗できる場合は、対象との精神戦になります。

精神戦に勝利すれば、対象を隷属化することができます。しかし、敗北すると逆に隷属させられてしまいますので気をつけてください」

「精神戦で敗北した場合、隷属の解除方法はあるのか？」

「あります。精神戦の敗北後の隷属は無意識下にまで作用するので、隷属の解除は、主側が解放するか、もしくは高度な解呪儀式が必要になります。

『奴隷の首輪』や『奴隷紋』のように目立つ要素は『支配』にはありません。ただ、分かっているとは思いますが、【性魔術】には、術者の異性限定という欠点があります」

確かに同性相手に【性魔術】は使いたくない。

「異性の奴隷を使役するのであれば、習熟次第で様々な恩恵を隷属配下に与えることができます。隷属させるならばこちらの方法をお勧めします。まずは私が『精気譲渡』と一緒に【性魔術】の体系術式(スキルツリー)を送りますので、受け取ってください」

ガイアスは俺が横たわるベッドに近寄ると、俺の下半身に覆い被さる態勢になった。

そして、彼女の裸に反応している俺の陰茎を、流れるような手つきで両手を添え、躊躇なく亀頭を口内に迎え入れた。

唾液に濡れた舌が、亀頭の鈴口を刺激したと思ったら、唇でエラを刺激。再び舌で亀頭全体を舐めて、唾液でコーティングし、その唾液を音をたてて啜る。

愛しむようにそれを繰り返し、ガイアスの頬は朱に色づき、次第にその表情に喜悦が滲み始める。

深い緑色の髪をした絶世の美女が、俺の両膝の間で懸命に、可憐な口で奉仕をしてくれる様相は、俺の男を刺激し、いつしか抗いがたい激感が腰の奥から湧き上がって大きくなってくる。

「っ！……ガイアス、射精（だす）するぞ!!」

俺の言葉に彼女は目で応え、俺の射精の前兆を感じ取ると、舌で裏筋に舌を這わせたあと、喉へ咥え込み、激しく亀頭を刺激した。

「……ッくはぁ」

激しい刺激に溜まっていた快楽が弾け、俺の白濁がガイアスの口内に流れ込む。それを彼女は忌避せず、嬉々とした様相でコクコクと喉を鳴らして嚥下していく。

射精後に訪れるはずの倦怠感が微塵もなく、反対にガイアスから活力のようなものが流れ込んできて、むしろ息子は萎えずに、臨戦態勢を継続している。

また、活力と同時に【性魔術】の体系術式がガイアスから流れこんできて、俺は【性魔術】を行使できるようになった。

「……【性魔術】の習得は無事、できたようですね。体の調子はいかがですか？」

「問題ない。むしろ、してもらう前よりも調子がいい」

ガイアスの視線が、一度射精したにもかかわらず、全く衰えずに硬度を維持している俺のイチモツへと、注がれた。

「……でしたら、一度【性魔術】の精神戦を模擬戦という形で経験しますか？」

唇に付着した白濁を拭い去り、欲情に濡れた瞳でそう告げるガイアスの提案に俺は頷いた。

再び俺の欲棒を味わうように咥えたガイアスは、俺の頭上に腰が来るように体勢を入れ替えた。俺達は所謂、シック○ナインの体勢となり、俺は愛液が滴り落ちているガイアスの淫裂に吸い付いた。

「ッ!?」

突然の刺激に驚いたガイアスは一瞬動きを止めたが、何事もなかったように俺への奉仕を再開する。

じわりと再び腰に湧き上がって立ち上ってくる快感を感じつつ、俺は往復させていた舌を止め、舌先でガイアスのクリ○リスを何度も小突いた。

「んっ!? ああっん!!♥」

音を立てて、ガイアスの口から唾液に濡れた息子が、外気にさらされる。

嬌声を奏でるガイアスの反応を見つつ、絶頂の予兆を感じた俺は、淫裂から尽きることなく溢れでてくる愛液で輝く淫豆へ吸い付いて、軽く甘噛みをした。

「あん♥……ぁ……あああああっ……♥」

途端に、激しくガイアスは痙攣し、俺の顔に飛沫がかかって、ガイアスが俺の上に力なく倒れこんだ。

俺は体を引いて、うつ伏せだった彼女を仰向けにした。呼吸に合わせて、ガイアスの豊かな胸が上下している。

「はぁっ、……まさか、久しぶりのまぐわいとはいえ、イカされるとは思いませんでした。前戯は……もう必要ないですね」

呼吸を整えたガイアスは、臨戦態勢を継続する俺の息子を見てそう言った。

「では挿入していいのか？」

俺は念のため一応、確認の言葉を投げかける。

「ええ、分かっているかと思いますが、【性魔術】の精神戦では先に絶頂した方が負けです。絶頂すると精神的に完全に無防備になるため、敗者は勝者の成すがままになり、勝者の望むあらゆる要求を拒むことができません。それから、【性魔術】の精神戦の最中は双方、無防備になりますので、完全に外部からの妨害がない状態で行わないと命を失う危険があります」

俺は頷いて正常位で挿入すべく、ガイアスの両脚を開き、陰茎を握って彼女の膣孔を探って、亀頭を浅く埋没させてから、ガイアスの細い腰に両手を添え、一息に貫いた。

お互いの下腹部が密着し、先端に固いガイアスの子宮口の感触を感じる。感触として、辛うじて全部がおさまっているようだ。

「……っ、う…動いても、大丈夫……ですよ」

ガイアスの呼吸が整うのを待とうと思ったが、彼女の方から動くように促されたので、俺は、ガイアスが感じる弱点を探すべく、陰茎の挿入角度を微妙に変えつつ、肉襞と最奥を刺激して探りをいれていく。

「…っ、…っ、…っ！♥　…っ」

声を押し殺している彼女の反応が他と違ったところ、肉襞の感触が他と異なるところを重点的に攻める。

それと同時に、ガイアスの胎内から得ている快感が強くなっている違和感に気付いた。疑問に思って自分のステータスを見ると〈性感微増〉の状態異常が確認できた。

俺が自分の状態に気付いたのを見て、ガイアスは妖艶で淫蕩な笑みを浮かべた。

「さあ、私の中に貴方の濃くて、白いネバネバしたのを頂戴！♥」

俺の背に腕を回して、ガイアスは自分の弱点が外れるように、自ら腰を打ち付けてきた。

「……くっ……」

俺は堪らずうめき、攻守が逆転した状況で、再び腰奥から抗い難い快感が湧きあがって来る。

背に腕を回され、完全にお互いの上半身が密着しているため、俺は上手くガイアスの胸を刺激して隙を作ることができない。

しかし、弱点を外してはいるが、彼女自身も性交による快感を感じているようで、表情は蕩けだしていた。

ふと、俺は思いつき、空いている手の指先を彼女の尻の谷間の窄まりに、触れてみた。

「え？　そこは⁉」

驚きで唐突にガイアスは腰の動きを止め、俺の手をそこから外そうと俺の背に回していた両腕を放した。

俺はその隙を逃さないよう、体勢を即座に側位に変えて、残った体力を使って、ガイアスの弱点を全力で攻めた。先端に感じる刺激は先ほどとは違うが、ガイアスに与える効果は抜群だったようだ。

「あ、あ、イクっ、あ、あ、私、イッちゃう、あ、ああああああ‼♥♥」

絶叫とともにガイアスが激しく痙攣し、絶頂しているのが一目で分かった。

一度出してから時間が空いていた俺は、ガイアスよりも僅差だったが余裕があり、それが明暗を分けた。

彼女の膣が激しく収縮し、俺の精を搾り取ろうとしてくる。俺は最後に渾身の力で、亀頭をガイアスの子宮口に突き込み、先端を押し当て、鈴口から劣情を一気に解放した。

少しの間意識が飛んでいたのか、目の前で激しく交わったガイアスは気絶していた。

そしていつの間にか、一つの選択肢が見慣れたログウィンドウに表示されていた。

▼大地神ガイアスの神核を奪いますか？
↓　はい
　　いいえ

〝奪う〟という穏やかではない言葉に違和感を感じたことと、『はい』を選ぶと取り返しがつかないことになりそうだったので、俺は『いいえ』を選択した。

そして、気絶している女神を起こして、表示された物騒な選択肢について問いただそうとしたところで、辺りが光に包まれ、俺は意識がはっきりしはじめ、目覚めるのだと漠然と感じた。

第十二話　隠者は情報屋から発注していた情報を買う

いつのまにか閉じていた目蓋に気付き、俺は目を開けた。

買った奴隷と性交したら、女神・ガイアスが突然現れて、『ダンジョン・シード』と『ヴァルキュリア・

か。

クロニクル』にはなかった【性魔術】を授かり、【性魔術】による精神戦を経験するとは誰が予想できよう
「…ご主人様……」

女神と邂逅して対話をした場所が夢もしくは精神世界であったことを示すように、シェラが幸せそうに俺の胸の上で安らかに眠って寝言を呟いていた。

彼女の膣内に入れたままだった俺のイチモツは、朝の生理現象を反映して臨戦態勢に入っていた。

このままヤるのもありかという思考が過ぎるが、眠っている相手に自分だけでやるのは虚しい気がしていると、胸下の辺りから視線を感じた。

「おはようございます、ご主人様♥」

「ああ、おはようシェラ」

シェラが起きて、蕩けそうなやわらかい笑顔を浮かべながら、俺の胸の上から挨拶をしてきたので挨拶を返した。

「そういえば、いろいろゴタゴタしていて聞き忘れていたのだが、なぜシェラは俺に最初から好意的だったんだ？」

「……えぇっと、それはですね……一目惚れだったんです」

シェラが褐色肌の顔を赤らめて、モジモジとしだして、最後の方は消えるような声で告げた。

詳しく話を聞いたところ、ダークエルフの森にいたころは武芸と魔術の鍛錬に努めていて、同年代の仲間たちが色恋に目覚め始めたころに何度か求愛をされたのだが、シェラ本人はその気はなく、言い寄ってくる

男たちが明らかにシェラの家名目当ての下衆ばかりだったので、辟易とした日々を過ごして恋愛に興味を失っていたそうだ。

この世界でもダークエルフに限らず男のエルフは、性欲が人間よりも湧かない上、ナニも短小らしい。

次第に求愛してくる男達の行動がエスカレートし始めて、シェラの研鑽を邪魔するようになった頃に、エルサリス王国の侵略があった。

シェラが住んでいた森は壊滅して、策略にかかって捕まったシェラは、奴隷落ちすることになった。

魔狼騎士としてそれまで鍛錬してきたことを活かせずに戦場で死ぬ訳でもなく、その美貌とダークエルフという希少性から、ただ性行為のためだけの性奴隷として生かされる未来を、奴隷商人に告げられて、シェラは絶望することになった。

そんなときに、自分の役に立つ奴隷を探すため、オークションの開場前に下見に来た俺の姿を目にして、鼓動が高鳴り、気がついたら俺の姿を目で追っていたらしい。

「他の男性からの視線は不快に感じますが、ご主人様からの視線には不快感を感じません。むしろわたしは嬉しいと感じています」

とシェラは屈託のない笑顔で俺に告げた。

はっきり言って、俺の今の容姿は決して見目秀麗なイケメン仕様ではない。シェラが惹かれたのは別の要素であると俺は考える。

次にガイアスと会ったときに確認しようと思ったら、目の前から可愛らしい腹が鳴る音が聞こえた。

「あの……、申し訳ありません」

「いや、俺も丁度腹が減ったから、朝食にしよう」

俺はこみ上げる笑いを押し殺しつつ、シェラにそう告げた。

これからシェラと一発ヤるのも魅力的ではある。

だが、気が削がれてしまったのと、残念ながら今日はやることが山積みなので、色欲に負けて大事を見失う訳にいかない。

俺はシェラの体を再度貪るという誘惑を撥ね退け、シェラの膣内から分身を抜いてベッドから出た。

「あんッ♥……ご主人様、そのお姿では風邪を引かれてしまいますので、着るものをお召しください。あの、わたしたちに仕事着はあるのでしょうか？」

シェラの言葉に従って、俺は下着とシャツ、スラックスを［装備］して、普段着にしている中位装備の魔術士ローブである『闇の法衣』を［装備］した。

普通に着るよりも、メニューコマンドの［装備］の方がラクで時間を全く取らないので、こちらの世界に来てからは、もっぱらこの方法で着替えている。

この［装備］する方法をあの勇者（笑）は持っていないようだ。

一方、アリシアとリーナには「さすが、極天魔導師（アークメイジ）」と尊敬の視線を向けられた。さらにその上の存在である隠者（ハーミット）であることを伝えられないのがもどかしかった。

そういえば昨日、シェラとアーナがこれまで着ていた粗末な貫頭衣を処分して、風呂上りに下着と夜着用のネグリジェだけ渡したことを、俺は思い出した。

「もちろん、全裸で！」とか、「エプロンならここにあるぞ」と言う悪魔の囁きが俺の頭を過ぎったが、そういったプレイをするときならまだしも、調理をする際などのリスク、シェラとアーナの玉のような肌に傷がつく可能性を考え、全裸やエプロンを仕事着にする考えは頭の隅から叩きだした。

俺は女性キャラでも『ダンジョン・シード』をかなりの回数完全クリアしている。そのときのアイテムも当然引き継いでいるから、女性向けの衣服もアイテムボックスの中に多数ある。

これらはサイズフリーで［装備］すると自動でサイズ調整される。

この場でシェラに直接手渡して、着替えてもらってもいいのだが、シェラが着替えにかかる時間が今は惜しい。

シェラの生着替えを拝むのはまたの機会に譲るとして、俺はメニューから、パーティーコマンド機能の［装備］でシェラに着せることにした。このパーティーコマンド機能は『ヴァルキュリア・クロニクル』のものだ。

シェラに着せる服は、定番といえるロングスカートの紺色のワンピースのメイド服である。

ついでに、シェラの髪のセットをポニーテールにした。銀髪ポニテで金瞳をもつダークエルフのメイド美少女が目を瞬かせて俺の前に立っていた。

シェラの長く美しい銀髪のポニーテールが映えるのはもとより、そのエプロンで覆われている胸部は、豊かな胸が魅惑の盛り上がりを形成している。

また、ロングスカートで隠されている美脚には、白いハイソックスとガーターベルトを身につけている。

作法として。

「あの、ご主人様……」

「ん？　どうかしたか？」

突然現れた服に驚いていたシェラが褐色肌の顔を赤く染め、もじもじとして、なにやら訴えてくる。

「その、……下着を身につけていません」

すまん、わざとだ。

赤面する可愛いシェラを充分堪能した後、シェラに下着を［装備］させて、寝室からを出たところで、アーナが、昨日風呂上りに着るよう渡したネグリジェ姿で待っていた。

流石に『ダンジョン・シード』は全年齢対象の健全なゲームだったので、女性用下着はアイテムボックスの中にはない。

オークション会場で併設されていた店舗でシェラの分しか女性用下着は買っていなかったため、アーナにとってはサイズが大きかったが、シェラの予備のネグリジェとショーツだけ渡していたのだ。

サイズの合うブラがなかったため、今のアーナはノーブラである。

小柄な見た目に反して、圧倒的な存在感を放つその胸が、激しく自己主張をしている。

そして、アーナは頬を赤らめながら、その先端（ちくび）を腕で恥ずかしそうに隠して廊下に立っていた。

「おはようございますぅ、ご主人様、シェラさん」

「おはよう、アーナ。ぐっすり眠れたか？」

「おはようございます」

「はいぃ、あんなふかふかのベッドで眠れたのははじめてですぅ。ご主人様、アーナにもシェラさんが着ているようなお仕事用のお洋服をいただけないでしょうか？」

まぁ、既にシェラにはメイド服を着せて渡しているからアーナに渡しても特に問題はないか。

今のネグリジェ姿のアーナが、台所にシェラと並んで立つと違和感が激しい。

さらに言うならば、アーナの持っている凶器（むね）が平時では目の保養になるのだが、シェラとの朝の一戦を苦心の末断念した今の俺には、目に毒だ。

「別に構わないが、さすがに下着の上はこのあと買いにいくぞ。……その前に、昨日の俺の質問の答えは出たのか？」

「はいぃ、アーナはご主人様の召使いとして、一生お仕えさせていただきますぅ」

「……そっちを選んだか。理由を聞いてもいいか？」

てっきり召使いとして働き金を稼いで、自分で自分を買って解放する方を選択するだろうと俺は考えていた。アーナの考えに興味を惹かれたので尋ねた。

「はいぃ。アーナの奴隷としてのお値段は、少なく見積もってもぉ、昨日のオークションの売却価格になりますぅ。一般的な召使いさんのお給金で換算した場合はぁ、アーナが自分を買える頃にはアーナはお婆ちゃんになっているかぁ、お墓の中に入っていますぅ」

やや間延びした拙（つたな）い口調とは裏腹に、きちんとした金銭の計算ができるのかとアーナの評価を、俺は上方修正した。

「そうか。だが、俺がアーナに支払う賃金は一般的な召使いの給金よりもいいかもしれないぞ？　それでもっといい男に出会えるかもしれないが？　それでも考えは変わらないか？」

俺はあえて意地の悪い質問をした。シェラは無言で、平然と後ろに直立不動で控えている。

「はいぃ、たとえぇ、ご主人様がいいお給金をくださってもぉ、お食事とかお部屋を使うのにかかるお金がお給金から天引きされるかもしれないのでぇ、アーナの答えは変わりませんよぉ。

それにぃ、昨夜頂いた温かいご飯以上のものを、他のお家で食べさせていただくことは絶対にありえませんからぁ」

なるほど、俺が食費や設備費を天引きする可能性までしっかり読んでいたか。そして、決め手は胃袋を掴んだ料理だったか。まぁ、いい。

「分かった。アーナは以後、召使いとして働いてもらおう。伽に関しては追々で。シェラ、アーナの着替えを手伝ってやってくれ。俺は朝食の準備をしておく」

「かしこまりました」

俺はシェラにアーナ用のメイド服をアイテムボックスから出して渡し、台所へ移動した。

少し時間をかけ過ぎた気がしたので、俺はシェラとアーナにセーフハウスの台所について説明と料理を教えるのは次回以降に持ち越すことに決めた。

トーストとサラダ、ベーコンエッグとオレンジジュースでしっかり朝食を終えた俺達は、シェラとアーナの下着を買うため被服店にやってきた。

面倒なことではあるが、奴隷や召使いが着る服によって、周囲の人間にその主人の品格も判断されるため、あまり粗末なものをシェラとアーナに着せる訳にはいかない。

まして、シェラとアーナが昨日着ていた貫頭衣をそのまま着せて街中を歩かせてしまうのは最悪である。

なぜなら、あの貫頭衣を着せて人前を歩くということは、奴隷商人たちや金持ち達の間では、自分は奴隷を買うのが精一杯です、服を用意する余裕がありませんということを恥ずかし気もなく周囲に暴露しているのも同然だからだ。

買い手側には表立って知らされないが、奴隷商人はそういう人物との取引は今後しないという暗黙の了解がある。俺はこのことを、シェラを買ったオークション会場の奴隷商人にそれとなく注意された。

そもそも、ゲームプレイ時代に使っていた女性用衣服もアイテムボックスにストックしていたし、所持金が無制限の俺にはあまり関係ない話ではある。

ちなみにアーナには、街中では【隠蔽（いんぺい）】が付与されている『隠れ身の外套（マント）』を［装備］させて衆目から姿を隠し、入店後に外套を外させている。

報復したブタ貴族にアーナが買われたことは一部で知られているからだ。

今この朝の時間ではさすがに、ブタ貴族の死亡は衛兵どもに知れ渡っているはずだ。

偽装はしたが、旅立つ前にブタ貴族の親に「仇」と絡まれるのは面倒この上ないので、アーナには移動の際に『隠れ身の外套』を身につけさせせている。

シェラとアーナの下着は予備の分を含め問題なく購入が終わった。

俺の分の下着も念のためを購入した。豊富な種類が用意されている女性用に比べて男性用は、トランクスしか店で売っているのを見たことがない。もっとも、ブリーフ派ではない俺には全く問題ない。


閑話休題。

問題なく消耗品と食糧の補充も完了し、旅支度が終わった。

移動手段として使うのはこれまたチートになってしまうが、アイテムボックスに入っていた『ゴーレム馬車』である。

『ダンジョン・シード』では、防衛フェイズ前である準備段階の拠点フェイズで、移動手段として描写されて使われている。

アイテムボックスに入っていたのは積載量重視の大型のもので、定員は八人のワンボックスカーのような仕様のものだ。

アルバート達を乗せた『ゴーレム幌馬車』より当然高級品で、上級貴族すら持っていないのを確認している一品なので、さすがに王都の街中で出すのは憚られる。

外門を出てから出すことをシェラとアーナには伝えてあるから、それまでは徒歩だ。

余談だが昨夜、ブタ貴族からもらってきた馬たちは、知り合いの闇商人に売った。

結構いい馬たちであったが、生きている馬は維持コストが高く、生き物故の不安定さがあるため、これから旅に出る俺にはメリットよりもデメリットが大きいので売却するに至った。

この知り合いの闇商人というのは『ヴァルキュリア・クロニクル』にいたキャラクターであり、シェラを買った奴隷オークションへ、俺を招待をしてくれた奴隷商人でもある男だ。

一見すると優男に見えるのだがそれは見せかけで、実際は若返りの魔術で外見の年齢を若くしている老獪な商人。名をディーンと言う。

この男は裏の事情にも通ずる、非常に有能な情報屋でもあり、俺はお得意様であると同時に情報屋仲間でもある。

俺は、ディーンが行きつけにしている店の奥の個室で椅子に座り、彼と待ち合わせて対面した。シェラとアーナには拠点にしていた宿屋で待つように言って待機させている。

いかに護衛や奴隷であっても、他の人がいる前で商談をするのをディーンは極端に嫌がり、余人を連れて来た段階で交渉は決裂し、その後は全く姿を見せないと徹底している。

「昨日のオークション会場に来ていた一見(いちげん)の青年貴族――ミスト・スネフ・フォン・ボーンリバーだが、次回の奴隷オークションの開催日と開催場所を、王都の警備隊と騎士団に密告したことを使い魔が確認した。主催者はこのことを、裏切り者や切り捨てる貴族のあぶり出しに使うか、開催日時の変更を打診した方がいいだろう」

奴隷オークションはこの世界の闇の部分ではあるが、俺は必要悪と認識している。理由は、この世界の食料自給率は地球のそれより極めて低いからだ。

たとえば、寒村などでは農民が自分達で食べる食料を十分に確保できない。その上で、領主貴族に生かさず殺さずに、搾取をされている。その状況では、口減らしのために力仕事のできない子供――特に女児が売り払われる。

奴隷となっても比較的良心的な主人であれば、俺がアーナに選択させたように、自分に自分を買い戻させて奴隷から解放される道を用意する。口減らしで売られた人族の奴隷の値段はそれほど高くない。給金にも拠るが十歳ぐらいから奴隷として働き始めれば、遅くとも三〇歳には自分を買い戻すことができるはずだ。

もっとも、アーナが気付いたように食費など給与天引きがあれば、三五歳ぐらいまでかかってしまう者もいるだろう。

愛玩動物扱いされている獣人やエルフは人族よりも長命であるため、高額な買取金が必要になるが、平均年齢が五〇歳ぐらいの人族の奴隷は、それに比べると遥かにマシといえるかもしれない。

「そうか、情報提供ありがとう。これは今の話の分の情報料だ。他に何かそっちにいいネタはあるかい？」

ディーンは俺の前のテーブルに金貨を一枚置いたので、俺はそれを受け取った。さすがは情報屋だ。「売る」だけではなく、しっかり「仕入れ」もしているようだ。

「いいや、すでにディーンは掴んでいると思うが、あるとしたらゴリアスラ侯爵の嫡男が死んだことぐらいだな」

「ふむ、確かに掴んでいるが、カノンはその嫡男の死因を知っているのかい？」

そう言って、ディーンは俺の前に銀貨を一枚置いた。俺をそれを拾って、アイテムボックスにしまう。

「いや。俺がその嫡男様を見つけたときには、その場を立ち去る者はいなかった。また、既にこと切れていたから死因までは知らない。もっとも、知りたくもないな。貴族――特にあのゴリアスラ侯爵には関わりたくない」

「それは同感だ。では本題に入ろう。昨日、オークション後に頼まれていた情報三件だ。こっちのがウェストシュバーンのあるアルタイル辺境伯領を治めているアルタイル辺境伯の御令嬢の情報で、これがさっき名前があがったボーンリバー伯爵家の嫡男の情報とボーンリバー伯爵家の先々代から現在に至るまでの商取引相手の記録だ」

俺はディーンがテーブルの上に出した紙束を順に受け取り、ざっと形式だけだが書類のページに不備がないかを確認して、金貨五枚をディーンの前に置いた。

「追加料金だ」

俺は前払いで払っていた金貨五枚に追加して合計金貨十枚を支払った。

「毎度あり」

そう言って、柔和な笑みを浮かべてディーンは金貨の枚数を確認して袋にしまった。

「俺はこれから王都を出立する。いつ戻ってくるかはわからない。用事があったら、使い魔を通して頼むから、そのときはよろしく」

「ああ、わかった。念のため聞いておくが、目的地は？」

俺の言葉にディーンは淡々と返答して、尋ねてきた。

「目的地はウェストシュバーンだ」

「了解。達者でな」

「ああ、そっちもな」

俺はほどよい距離感で付き合えるディーンの言葉に手短に答えて席を立ち、店を出て、シェラとアーナが待っている宿屋へ急いだ。

第十三話　隠者は馬車上の人となり、集めた情報を整理する

王都を出て三日が経過した。

朝から夕方にかけてはゴーレム馬車に乗ってひたすらに移動し、夕方になったら野営地を作り、アーナの訓練も兼ねて狩りや採集を行いながら、夜には休んでいる。

いつ目的地のウェストシュバーンで異変が起こるかわからないことから、道中に点在している街と村は、ほぼ全て通過している。アイテムボックスの中に食料は十分過ぎるほどあるから、補給をする必要は今のところ全くない。

夜間は街道が暗くなって視界が悪くなる。街道が見えなくなり危険なので、ゴーレム馬車を走らせず、俺達は手ごろな場所で野営をしている。

アーナに対しては、奴隷オークション会場とセーフハウスのときの二回、ステータスを【鑑定】をしている。戦闘に関する素質はあるが、訓練をまともに受けていないため、宝の持ち腐れになっていた。

俺はアーナの育成のためのプランを作り、シェラのサポートの下でアーナに魔物を狩らせて、アーナのパ

ワーレベリングをしている。

アーナにあった素質は諜報と暗殺であり、この二つは『ダンジョン・シード』と『ヴァルキュリア・クロニクル』で共通して登場するウサギ系獣人が、高い適性を持つ。

さらにこの二つの素質があると【臭気感知】【音源感知】などの索敵系スキルと【隠蔽】【偽装】といった隠蔽系スキルの取得がしやすくなる利点がある。

アーナはこれに加えて、奴隷に落ちる前に屋敷奉公で身につけたメイド技能がある。ゆくゆくは諜報と暗殺、身辺警護、そして俺の身の回りの世話ができる侍女になってもらうつもりだ。

最後に、極めて重要なことだが、【夜伽】の技能スキルが初夜後のシェラには付いたが、アーナにはまだ付いていない。

今アーナに装備させているメイド服は怪我防止のためのものだ。以前渡したものとデザインはほぼ同じだが、材質や細部だけでなく、付与されている効果も大幅に異なる『献身侍女の仕事着』を［装備］させている。

武器はとりあえず『カイザーナックル』と投擲用の〝ダガー12本セット〟を隠し武器として渡しておいた。

さらに、対象のステータスを確認できるスキル【看破】と【経験値倍増】、精神状態を一定に保つ【冷静沈着】を付与する伊達眼鏡の『心眼鏡』を与え、寝るときと「外す」命令をしたとき以外は常に、［装備］するよう命じた。

また、シェラと同様アーナにも、劣化版のアイテムボックスである『アイテム袋』を渡している。

俺の知る限り〝隠者〟はこの世界で俺一人である。

しかし、俺は隠者であることを隠し、現在最高峰の職業――極天魔導師（アークメイジ）と名乗っている。俺が隠者であることを知っているのは、シェラとアーナだけだ。

隠者であることがバレれば、聖剣の勇者（アルバート）よりも優遇はされるのだろうが、貴族主義かつ、差別が色濃いこの国では、体よく使い潰されるのが目に見えている。

ステータス関連は、生きていたときの『ダンジョン・シード』の周回プレイでカンストしていた。所持アイテムも周回プレイで累積しており、全てがアイテムボックスに入っている。

所持金に関しても、ガイアスに与えられたスキル、『ヴァルキュリア・クロニクル』の没データだった【黄金率（EX）】が付与されたため無尽蔵。

そして、ガイアスに出会って直接、『ダンジョン・シード』と『ヴァルキュリア・クロニクル』にない魔術――【性魔術】を伝授された。

この【性魔術】は異性限定だが、その中の一つである『支配（ドミネイト）』は深層意識レベルでの強烈な精神支配を可能にし、『奴隷の首輪』と『奴隷紋』の無用化などが習熟次第で可能だ。

俺の目標達成には非常に有用な魔術であることが分かった。

ガイアスとの逢瀬で、神核を奪うかという謎の選択肢など未知の部分があるが、手探りで使いながら、有効活用させてもらおう。

あとは、俺が『ダンジョン・シード』で作成したキャラのデータを使って存在している人物が、シェラと同じようにこの世界のどこかに存在している、とガイアスが言っていたが、そっちは要調査だ。味方に引き込めればいいけれども、最悪敵対することも念頭に入れて、動かねばなるまい。

この世界には二つの大国が存在している。

一つは今俺達がいる〝エルサリス王国〟。人族が大多数を占めていて、世界第二位の人口をもっている。

大陸の中央に存在し、肥沃な土地と平野が多いため、居住しやすい環境だ。

しかし、その一方で、根深い種族差別と宗教差別、貴族による選民思想がエルサリス王国に強く残っている。その悪影響で後述する〝連邦〟に遅れをとっている。

古い歴史をもつが故に大陸の覇者になる野心を現国王は隠していない。

エルサリス王国は、『ダンジョン・シード』の物語の舞台となる国であり、国王は表のラスボス的な存在で、ダンジョンに軍勢を頻繁に差し向けてくる存在だ。

ちなみに『ヴァルキュリア・クロニクル』では敵対していた連邦の属国の一つになっている。『ヴァルキュリア・クロニクル』の時代は『ダンジョン・シード』から数百年後の姿になっている。

余談だが、『ヴァルキュリア・クロニクル』の時代にエルサリス王国を統治しているのはアリシアの子孫ではなく、アリシアの遠縁の子孫で、自身が連邦の傀儡となっていることに気付かない愚王である。

もう一つの大国は、〝イスタリア連邦王国〟という。

王国から離反して亡命した人族とエルフや獣人が統治している国で、魔導技術が最も繁栄している。

〝連邦〞と通称されているこの国の歴史は、エルサリス王国よりも古い。

多くの種族を受け入れ、ハイエルフの大王が、多種族の重臣達に支えられて統治している。

イスタリア連邦王国の首都はエルサリス王国の北東にあり、北西部を除き王国と国境を接しており、大陸随一の統治面積を持つ大国である。

エルサリス王国の歴史では、王国に対抗する意図で建国された国とされているが、数世代前のエルサリス王国の圧制から逃れてくる亜人の亡命者の入国によって、人口が増加。内政を優先させた結果、軍事力でもイスタリア連邦はエルサリス王国を上回った。

エルサリス王国の先代国王は先々代の影響で亜人差別に嫌悪感を持っていて、イスタリア連邦の国民は、今なお、エルサリスの先代国王を称えている。先代エルサリス国王が存命のとき、イスタリア連邦とエルサリス王国は対等の国交が築かれようとしていた。

しかし、先代の国王が突如崩御してしまう。エルサリスが現国王の代になってから二国間の関係が再度悪化。以後、散発的に国境で戦闘が行われている。

連邦と王国の国境付近にあった、シェラが住んでいた森は、王国に攻め込まれた後、今では王国領となっている。

エルサリス王国とイスタリア連邦が敵対する理由は、宗教にもある。

イスタリア連邦では国教としてガイアス教が信仰されている。ガイアス教と敵対する男神がユピタリス聖教の主神であり、ユピタリス聖教をエルサリス現国王が熱心に信仰し、国教としている。

このこともあり、二国間の関係は険悪だ。

現状のイスタリア連邦の方針は、国土の広さと人口の圧倒的な多さを活かして、エルサリス王国のスタミナ切れを狙った専守防衛の戦略をとっている。

エルサリス王国の東には、地球の日本の戦国時代のような『サムライ』や『ニンジャ』が存在する国・カグツチがある。

『ダンジョン・シード』には、敵役の出身国のフレイバーテキスト（設定説明文）が登場していた。

『ヴァルキュリア・クロニクル』では活動可能エリアとして存在するが、まんま日本の和風城郭と城下街であったのを覚えている。

現在行くことができる他国で、注意すべき国が一つあった。

エルサリス王国の北西、連邦の南西に挟まれる形で国境があり、山脈に棲む屈強な蛮族が、原始的な社会構造で君臨している〝ドルテア部族国〟だ。

この国は、『ダンジョン・シード』では名前が挙がるだけで、ゲーム開始時には滅亡している国である。

その滅亡はどうやら、これから向かうアホ勇者の故郷——アルタイル辺境伯領・ウェストシュバーンの襲撃事件が起因していることが分かった。

しかし、もう一つのこの世界に関係の深い『ヴァルキュリア・クロニクル』では、その名前すら残っていなかった。このことが俺に一抹の不安を抱かせる。

この世界では、根が深そうな宗教対立が存在しているようだ。

向こうの世界で死んでしまった俺を救ってくれたガイアスからは、自由にダンジョンを作成して、この世界を満喫してほしいと言われていたので、俺の目下の方針と目標は最高のダンジョンを造って、美女を囲って、俺の子供を孕ませることと決めている。

しかし、当面の大標的は、『ダンジョン・シード』では敵役で登場した巨乳魔術姫のアリシアと姫騎士のリーナ、おまけで勇者（笑）の妹で見習い脳筋僧侶のユリアだ。

そして、彼女等を堕とす上でキーパーソンと思われるのが、これから向かうアルタイル辺境伯領の令嬢・リコ・フォン・アルタイル。彼女に関しては、アルタイル辺境伯領の中心地・ウェストシュバーン以上に、手に入る情報が、驚くほど少ない。

容姿が、ピンク髪のチェリーブロンド、もしくはストロベリーブロンドであるとか、紫水晶を思わせる紫瞳の垂れ目の美少女であるとか言われている。

アルバートの妹であるユリアとは同じ歳——十四歳でありながら、ユリアよりも発育がよく、既に成熟した女性の肉体をしているという細かい情報は、ディーンに仕事として頼まなければ入手できなかっただろう。

『ダンジョン・シード』でのリコは、ドルテア部族国の侵略によってウェストシュバーンが攻め落とされたときに拉致され、ゲーム上では表現がぼかされていたが、輪姦され続けた末に敵兵の隙を見て、自らの命を絶った……とされている。

リコの亡骸は、滅ぼされたウェストシュバーンの援軍に来た王国軍が到着するまで、ウェストシュバーンの中央広場に投げ捨てられていたらしいのだが、異説もある。

異説によるとリコは、ウェストシュバーンが陥落して拉致された後、単身でドルテア部族国を滅ぼして、ウェストシュバーンで失意のあまり自害した……もしくは、行方をくらませたという説が、『ヴァルキュリア・クロニクル』では〔ウェストシュバーンの悲劇〕という形であった。しかし、その真相は闇の中だ。

❖
❖
❖

「お疲れ様です。ご主人様、一息入れられてはいかがですか？」

メイド服に身を包んだシェラはやわらかい笑みを浮かべ、アーナに教わり淹れた紅茶を俺に淹れてくれた。

「ああ、ありがとうシェラ。ちょうど、作業が一段落したからアーナも起こして、ゆっくりしようか」

アーナは、シェラとの連日のハードトレーニングで段々体力がついてきていた。

しかし、通常の睡眠だけでは回復が追いつかず、日中のゴーレム馬車での移動中でも、最後尾列のシートを倒した簡易ベッドで、寝息を立てている
「かしこまりました」

シェラが背中を見せて、俺が座っている前部座席から後部座席へアーナを起こしに行こうとした。

俺はティーポットとティーカップなどをおもむろにアイテムボックスに退避させて、シェラが反応するよりも素速く動き、シェラを後ろから抱きしめて、シェラのうなじに顔を埋めた。

そのまま俺は顔を埋めた場所を唇で軽く挟んで吸い、舌を出して舐め上げて、抵抗することができないシェラを膝上にのせて、座席に座りなおした。

「あの、ご主人様!?　んむっ!!？　んちゅ……んっ、ん…♥」

驚きと戸惑いの声を上げて後ろを振り向くシェラの唇を自分の唇で塞いで、俺は舌をシェラの口内に送り、シェラの舌に絡めた。

シェラも最初は目を白黒させていたが、俺の舌が口内に入り込んで、自分の舌に触れてくると、振り向いた状態のまま、俺の両頬に手を添えてきて、眼を閉じて積極的に舌を絡めてきた。

スカート越しに感じるシェラの弾力のある尻肉の感触を膝上に感じながら、俺は服越しに手からこぼれる大きさのシェラの乳房を両の掌で弄び、触り心地を楽しむ。

「んっ……んんっ……ん……」

シェラが閉じていた眼を薄く蕩けさせながら開いているのを確認した俺は、右手を胸から離して、スカートの中に手を入れて、シェラの大事な部分をショーツ越しに指で触れる。その刺激に反応して、軽くシェラの身体が跳ねるが、俺は胸を刺激していた手で腰を押さえつける。

俺はショーツの上からシェラの淫裂をフェザータッチで触り続けながら、指先でクロッチの染みが大きくなっていくのを確認したところで、膣孔を直に触れて、愛液を掬い、大きくなったシェラの淫豆に濡らして、軽く転がした後、それを摘んだ。その強い刺激にシェラは身体を海老反らせて、軽く絶頂したようだった。

「シェラ、今は口でしてくれないか？」

「はい、ご奉仕させていただきます」

俺の問いかけにシェラは快楽に蕩けた笑みを浮かべて答える。

俺の膝上から降りて、両膝の間にシェラは身体を置き、ズボンのチャックを慣れた手つきで開けて、シェラの痴態に反応した俺の欲棒を取り出した。

シェラを女にした日から今日まで俺は、毎晩シェラを抱き、シェラの身体を堪能しながら少しずつだが開発していった。

シェラの性感は発達し、シェラには口を使ったフェ○チオや胸を使うパイ○リ等も教えるに至っている。

シェラはスポンジが水を吸う如く、それらの知識を吸収し、特に今してもらっているフェ○においては裏スジや亀頭のくびれなど、俺の弱点を的確に突いてくるようになった。

シェラの口を使ったピストン運動で俺は、腰奥から押さえきれない射精感が高まるのを感じていた。

「シェラ、出すぞ！」

俺の言葉に反応してシェラが俺のイチモツを深く咥え込むと同時に、俺は鈴口から白い劣情をメイド服にその身を包んだ見目麗しいダークエルフの口内に吐き出した。

第十四話❶　アルタイル辺境伯令嬢に襲い掛かる悪夢

❖リコ・フォン・アルタイル　視点❖

「アルバート……」

私は思わず、幼馴染で許婚の名を呟いていました。

私、リコ・フォン・アルタイルとアルバート・フォン・デアデヴォは、お互いの両親が友人同士であったことから決められた婚約者——許婚です。

私の中でアルバートは、たとえ聖剣に認められていなくても、森でゴブリンから私を救ってくれた勇者様でした。

ゴブリンに襲われた恐怖で座り込んでいた私に、彼は笑顔で手を差し伸べてくれました。悪い竜を退治した物語の王子様のような彼に、いつしか私は好意を寄せていました。

両親を早くに亡くした彼は、私と同い年の妹のユリアちゃんと共に、亡くなった小父様の遺言に従い、私のお父様を頼って来られました。

アルバートが持って来た小父様の手紙を読んで、なぜお父様が険しい表情をしていたのか、私は今でも不思議に思っています。

当時の私は、辺境伯の娘という肩書きの所為で、年齢の近い友達と呼べる存在が全くいなかったため、アルバートとユリアが来たことを無邪気に喜び、歓迎しました。

今では信じられませんが、ユリアは出会った当初は非常におどおどとしていて、人見知りをする子でした。仲良くなるために微笑ましい試行を繰り返した苦労の思い出が、私の中にあります。

十歳になったころにユリアは、アルバートのために回復魔術を覚えると言い出しました。彼女はウェストシュバーンにあるユピタリス聖教の教会に足繁く通い、一昨年に洗礼を受けて、見習いですが、僧侶になりました。

アルバートのために成果を出したユリアを友人として私は賞賛するとともに、私は魔術士の素質を持ちながら自身ではどうにもならない理由で満足に魔術が使えないので、彼女を羨ましく感じていました。

貴族としてお父様が後見人をしている上に私の許婚でもあるアルバートですが、法衣貴族の両親を亡くした彼は成人すると同時に、この屋敷を出ることになりました。

それは私が成人し、正式に結婚式を挙げるまでは自分で雨風を凌ぎ、私の婚約者として相応しい功績をあげなければならないからでした。

本人はそのことを考えて、王都で冒険者ギルドに登録し、得意の剣を片手に日々積極的に依頼をこなしたそうです。

ある日、聖剣の守護者の一族であるゼファー公爵家の依頼を受け、公爵領から一時的に帰ってきたアルバートは、ゼファー公爵家が代々守護していた聖剣に認められ、勇者になっていて、その側にユリアちゃんがいました。

このときから、アルバートとユリアちゃんの私に対する態度が冷たくなった気がしました。もうすぐ、私の十五歳の誕生日、成人する日が迫っているのです。しかし、アルバートが戻ってくる気配がありません。手紙を何度も送っているのですが、返事も……。

一日が終わり、湯浴みを済ませて夜着を着て、ベッドでアルバートから連絡がないことに私が落ち込んでいると、不意にドアを激しくノックする音がしました。

「夜分にすいません、お嬢様。一大事です！」

お祖父様の代から親子二代に渡って当家に仕えている壮年の男性——執事のセバスチャンが、慌てた声で扉の外から声をかけて来ました。

「どうしたのですか？」

「賊です。夜闇に紛れて侵入されました！」

「お父様はご無事ですか!?」

「わかりません。賊の数が思いの外多く、ここは危険です。私がお守りいたしますので、お嬢様は王都にいるアルバート様の下へ参りましょう」

この場では不謹慎なことですが、愛しているアルバートの傍に行けるということに、私は喜びました。

薄手の夜着を隠すために『魔術師のローブ』を纏い、あれから練習してなんとか使えるようになった気休め程度の魔術を補助するための杖を持ち、準備が整ったところで私は扉を開けました。

「失礼いたします、お嬢様」

「えっ？」

扉を開けた瞬間、不意にセバスチャンにかけられた言葉に疑問符が頭に浮かび、閉じていく視界の中で、セバスチャンの口端に笑みを浮かんでいるのが映って、私の意識は途切れました。

（ん……ん、ここは？）
私が目を覚ますと、そこには雲一つない夜の空に半月が浮かんでいました。身体の肌寒さと異変に気付き、直後に嫌でも現状を認識させられました。
私の口には丸く噛み砕けないものが入っていて、その丸いものを貫く革紐が頭の後ろで結ばれて、口を閉じることができないようにされていました。両腕は縛られ、縛った縄先は中庭にある大樹の枝にかけられていました。

私は、身につけたはずの『魔術士のローブ』を脱がされ薄い夜着と下着だけの姿で、夜の帳がおりた見慣れた屋敷の広い中庭に吊るされていました。

「おお、ようやくお目覚めか？」

野太い聞き慣れない声が私にかけられたので、

（誰？）

私は反射的に誰何をしようとしましたが、声を出せませんでした。

「ああん？　おおっと、そうだった、そのなりじゃあ、喋れねぇよな。だが、舌噛んで死なれたら困るから外してやることはできねぇー相談だ。俺はドルテアのバランってもんだ。よろしくな！」

（ドルテア？　バラン？）

先ほどから強く感じていた——私の身体を、特に胸の部分を集中的に舐め回すような複数の不快な視線から逃れるために、腕で胸を隠そうとしました。

しかし、吊るされているため私の思いどおりにはいかず、縄が腕に食い込んで痛みを覚えるだけでした。

中庭の灯りとして使われる松明には火が点けられて、辺りを照らしています。

ウェストシュバーンの北の山脈を領地とし、王国と国境を接している国がドルテアであることを私は思い出しました。

松明の灯りを頼りに周囲を見ると、バランの背後に同じように上半身が半裸で、様々な紋様の刺青を彫っている男達が大勢いました。

しかも、彼等は全員欲望にぎらついた両目で、口には笑みを浮かべて私の身体を眺めていました。

「バランさん、戯れはその辺にして余興を進めましょうか？」

「おお、ようやくか、いいぜ、待たされた分はきっちり楽しませてもらうからな」

「ええ、もちろん構いませんよ」

聞き慣れた声に機嫌よく応えるバランの声に、その声の主の顔を思わず凝視してしまいました。

（セバス……チャン？　なんで？？）

混乱して両目を瞬かせる私を見て、当のセバスチャンはいつも浮かべている笑みを変えずに言いました。

「おやおや、まだお気づきになりませんか？　バランさんたちをこの屋敷へと招待したのはこの私ですよ」

（え？　え？　え？）

ドルテア部族国は、お父様が所属するエルサリス王国と、以前は敵対関係にあったけれども、先々代のお祖父様の代で和解しています。

ドルテア産の民芸品や鉱石と、お父様の領地・ウェストシュバーンの食糧と交換するなど、貿易・取引で友好関係を築いていたはずです。

なのに、どうして？

「努力家のお嬢様のことですから私が教授したように、彼等と、アルタイル辺境伯領のウェストシュバーンは友好関係であるはずなのにと、律儀に思っておられるのでしょうね。残念ですが、それでは三〇点です」

セバスチャンは私の勉強を教えるときと変わらぬ態度で、私の判断を採点しました。

「ドルテア部族国も決して一枚岩の国ではないのですよ。さらにエステリア王国に関していえば、多様な要素が絡み合ってもっと複雑です。

もっとも、このことを今更知ったところで、王国貴族でなくなるお嬢様には意味がないことですが……」

私の中に、セバスチャンの言葉によって疑問が浮かびました。

しかし、揺らいだ松明の灯りで彼の足元が見えて血の気が引き、それ以上考えることができませんでした。

そこには、屋敷に住み込みで働いている使用人たちが、明らかに致死量の血を流して横たわっており、全員全く呼吸をしている気配がありませんでした。

「バランさんをそろそろお待たせするのも悪いので、本題に入りましょう。アドンさん、サムソンさん、申し訳ありませんが、彼をお連れしてください」

「「へい」」

「むぅっ!? むうう!」

(お父様!?)

セバスチャンの指示で蛮族の男達に連れて来られたのは、鎧に身を包んでいますが、利き腕の肘から先を斬り落とされて、止血だけ施されて傷口から肉と骨が見えているお父様でした。

もう片方の腕は後ろ手に縛られて口には猿轡(さるぐつわ)を噛まされて拘束されています。

「さて、長い付き合いでしたが、貴方とはお別れです。お屋形様」

「むむむむっ! むむっむっむっむむ!!」

「罵詈雑言が煩わしいので猿轡を噛ませましたが、これではお言葉を意訳するしかありませんね」

「まぁ、この状況で何を考えているかぐらいはわかりますがね」

そう言って、セバスチャンは肩を竦めました。

「結論から言えば、いくら王命とはいえ、もう我慢がならなかったのですよ！」

「なぜ、私の父と私のような純血の王国貴族の血を引く人間が、貴方たちのような人外たちとの混血の下に傅いて働かなければならないのか！」

セバスチャンは、怒りを爆発させた表情を見せ、怒声をあげました。

「お二人が知っているように私の家は、私の父の代からこの地に来て、先代アルタイル辺境伯から仕えてきました。

ですが、それも現国王陛下からの密命だったのですよ！　貴方たち人外の血を引くアルタイル辺境伯家から、この〝龍脈〟が集まる土地を取り上げるためのね!!」

(人外の……血？　龍脈？)

「……」

セバスチャンの言葉に理解が追いつかない私とは対照的に、お父様は険しい表情でセバスチャンを睨みつけていました。

「おや、お嬢様にはまだ話していなかったのですか、お屋形様？　いけませんね」

「まぁ、これからドルテアの——蛮族の男達の慰み者になるお嬢様にとっては、どうでもいい事実ですからねっ!!」

そうお父様を嘲笑していたセバスチャンは、いつの間にか腰に佩いていたレイピアを握り、おもむろに、お父様の胸に突き立て、お父様の身体を貫く音が私の耳に届きました。

「ふふ、楽には殺しませんよ。貴方には、愛する自分の娘が目の前でドルテアの男達に泣きながら、犯される姿を目に焼き付けてから死んでもらいます。

さあ、長らくお待たせしまして申し訳ありませんでした。バランさん。どうぞ、始めてください」

「おう、じゃあ、始めさせてもらうぜ。おらっ！」

（きゃあっ！）

バランが舌なめずりをしながら、私の夜着を下着ごと破って剥ぎ取り、私の左胸は遮るものがなく、曝されてしまいました。

「おおお、十五間近のガキと聞いていたが、思った以上に育っているじゃねぇか」

舌なめずりをするバランとドルテアの男達とは対照的に、私は目の前で死に逝く唯一の肉親であるお父様に迫る死の悲しみで、涙が止まらず、何も見えなくなりました。

そして、一瞬でしたがアルバートの顔が視界に浮かびました。

（……？）

しかし、しばらく時間が経ったはずなのに、バランたちの手が私に再び触れてくる気配がありません。

不思議に思って、なんとか涙を拭って周囲を確認すると、ドルテアの男達が震えています。セバスチャンも身体を強張らせ、バランに至っては一点を睨みつけていました。

「コンバンハ、イヤハヤ、マッタクモッテ、…ニハイイ夜ダ」

男なのか女なのかわからない声色の黒い頭巾を被った人物が、いつのまにか中庭に現れ、バランに睨まれているのに場違いな言葉を口にしていました。

そして、現れたのはその人物だけではなく、その傍らには二人の女性が佇んでいました。

一人は、狼をかたどった兜を被り、銀河のように輝く白銀の薄布と、両腕・両脚・肩・腰に煌く白金の防具を纏う、成熟した褐色の肌のダークエルフの女性。

長い銀髪と金の瞳をもつ彼女の手には、絶えず穂先から冷気を発している立派な槍が握られていました。

もう一人は無表情な顔に眼鏡をかけ、黄色の髪の上に兎の耳がピンと立った、小柄な獣人の少女。

彼女は、仕事着とは思えないほど細部まで意匠の凝ったメイド服を着ています。両手には堅牢そうな手甲をはめ、ロングブーツを履いています。その身から発する空気が素人の私でもわかるぐらい、ただのメイドとは思えません。

「……ヤレヤレ、ギリギリ間ニ合ワナカッタカ。二人トモ、プランβ（ベータ）デイクゾ」

「わかりました」

「ご主人様の仰せのままに……」

何やら事前に打ち合わせをしていたみたいです。この場の空気を変えた中心人物と思しき黒頭巾の人の指示に従って、付き従う二人の女性が動き出しました。

対峙するバランたちも合わせて動き始め、止まっていた事態が再び動き出しました。

この後、この場で、おとぎ話や伝説で語られる英雄と讃えられる人たちに等しい力――奇跡を目の当たりにするとは、このときの私は思いもしませんでした。

第十四話❷　隠者は惨劇の現場を目指して急行する

　アルタイル辺境伯の屋敷を監視している使い魔がその異変を感知したのは、俺のメニュー画面の時計が二三時を示した夜遅くだった。

　できれば辺境伯の屋敷にほど近い家屋を借り、屋敷の内情を探りながら、ウェストシュバーンに襲い掛かる脅威へ対策を練る予定だった。しかし、生憎と俺達が到着したのは、外門が閉まる直前の今日の夕刻であった。

　宿は全て回ったが、辺境伯の屋敷に最も近い宿屋は満室で、他の宿屋も似たり寄ったりで満室だった。結局、俺達三人が部屋を確保できたのは、辺境伯の屋敷よりも最も離れている外門側の宿屋だ。

　俺達は、多くの店が店仕舞いをする商業地区を通り過ぎ、教会と行政地区、辺境伯の屋敷へと分かれる四叉路を経て、目的の屋敷までの道のりを簡単に確認する。

　周囲の魔力的な監視も掻い潜ることができる、俺の〝目〟となる使い魔を放つ。その後、俺達は宿屋に戻り、宿の食堂で無難な味のする夕食をとった後、部屋に戻り、明日の確認を終えて休む矢先の急報だった。

「ご主人様、ご指示をお願いします」

　普段着代わりにメイド服を着て、輝く白銀の髪を後ろでまとめてポニーテールにしているシェラと、完全にメイド姿が板についてきたアーナが、俺に判断を仰いだ。

二人にはウェストシュバーンに到着するまでの間に、考えられる状況に対する方針を決め、予め伝えていたので、わずかな俺の指示で動けるようになっている。

「敵対戦力の情報がなく、地の利もない。加えて、俺達と救出目標までの距離がかなり離れている点から、状況を最悪のγ（ガンマ）と暫定し、最強の戦闘装備で現場に急行し、予定どおり、プランα（アルファ）で進める。プランの変更は状況次第で行うから指示に注意してくれ」

「「かしこまりました」」

二人の重なった返事を聞いてすぐに俺は、ユーザーインターフェースのパーティーコマンドの「装備」を使い、アイテムボックスの中から各々が現時点で装備できる最強のものをセットした。

俺の装備は武器として隠者専用装備の一つで固有技がある『天魔の杖』。体には【幻影（ミラージュ）】で攻撃を逸らすことができる専用装備の『隠者の紫衣（ハーミットパープル）』。頭にはブタ貴族を襲撃したときにも使った『黒頭巾』。脚には現地到着のための移動手段としても使う『雷神の靴』だ。

「こんな素晴らしいものを……ありがとうございますご主人様！」

シェラは自身が身に纏った装備を何度も確認して、感極まった声をあげた。

シェラに装備させた決戦装備の内訳は、次のとおりだ。

その身を守る鎧には、魔力の込められたルーン文字が刻まれた白銀のレオタード。それと同じ銀布でできたハイソックスとそれを吊るすガーターベルト。そして、両腕、両脚、肩、腰にはオリハルコンでできた専用の防具。

『ヴァルキュリア・クロニクル』と『ダンジョン・シード』に共通して存在している女性専用鎧防具の中で、デザインと性能において最高峰と絶賛されている『月の女神(ルナ)のファウンデーション』。

　褐色の肌に白銀の衣装が映えて、肉感的なシェラの肢体を荘厳かつ扇情的に彩り、文句の付けようがないほどとてもよく似合っている。

　流石に夜間で人の目が減っているとはいえ、街中の移動中では目立ちすぎるので、『隠れ身の外套』をその上から装備させることにした。

　シェラが頭に装備しているのは魔狼騎士垂涎(すいぜん)の最高の兜で、かつて大いなる神を喰らったと言われている狼をかたどっている『神喰い狼(フェンリル)の兜』。脚には俺と同じく、移動手段としても使う『雷神の靴』だ。

　そして、それらを身につけたシェラがその手に持つ武器は、魔狼騎士が装備できる最強の属性槍の一つ『氷の魔槍ニヴルヘイム』。

　穂先には霧の国(ニヴルヘイム)の溶けることのない氷が使われていて、触れるものに強烈な凍結効果を与える。

　一方、アーナの装備は俺やシェラとは違う。

　アーナ自身がまだ成長途中であるため、装備条件を満たせないものが数多くあり、装備できるもので賄う組み合わせになった。

　防具としては頭と体のものがワンセットになっていて、既に体に馴染んだ感のある『献身侍女の仕事着』。武器には腕を防護する効果もある『大地竜のナックルガード』。脚にはつま先や踵などに隠しダガーが付いている『暗殺者のロングブーツ』。そして、顔には【経験値倍増】の効果と冷静さを失わない【持続平静】が付与されている『神眼鏡(しんがんきょう)』だ。

この『神眼鏡』の影響で、アーナの性格はクールなものへと変わってしまったが、『神眼鏡』がスイッチになっているようで、眼鏡を外せば元の「ですぅ」口調のアーナに変わる。

なんとか形にはしたが、残念ながらアーナはステータス不足で『雷神の靴』を装備できないので、俺がお姫様だっこで、辺境伯の屋敷に移動することになった。

俺は小柄なアーナを抱き上げた。アーナは俺の首に腕を回して落ちないように掴まっている。

思っていたよりもアーナは軽かった。

ふと、背後からシェラのアーナへ羨望の視線が注がれていたので、

「機会ガアレバ、シェラニモスルカラ、今ハ我慢シテクレ」

「はい！」

シェラは俺の言葉に満面の笑みで頷いた。

仕上げとして俺は、夜道を駆け抜ける間に必須となる【暗視】のある首飾りを、自分とシェラに［装備］した。

「デハ、行クゾ！」

「「はい！」」

俺は部屋の窓から隣の建物の屋根目掛けて飛び出し、シェラも俺の後に続いた。

既に寝静まっている街を駆け抜け、屋敷の門に辿り着いたとき、

「ご主人様……強い血の臭いがします」

三人の中で一番嗅覚が優れているネザーランドドワーフラビット族の血を引いているアーナが、いち早く異変に気付いて、顔を顰めた。

「……ソウカ、ココカラハ警戒シテ進ムトシヨウ」

「はい」

「かしこまりました」

俺は抱えていたアーナを降ろして、最早、習慣となっているが周囲に索敵用使い魔を放ち、深夜に当たるの時間帯なのに不自然に開け放たれている門を通過した。

「酷い……」

『隠れ身の外套』を外したシェラが目の前の惨状を目にして、その感想を思わず口にした。

屋敷に住み込みで働いていたであろう使用人たちが一箇所へと集められ、自身の血でできた血の湖の中に全員が沈み、誰一人として動いている者がいなかった。

年嵩の女性と赤子を除いた女性全員の衣服を破かれ、打擲による痣があった。

瞳は光を失い、股間から垂れ流している白い汚液が悪臭を放っていた。

さらに異質だったのが、まるで噛み千切られたように遺体の所々が破損しており、千切られた箇所が遺体の傍に乱雑に放置されていた。

一方、男達は全員、四肢の関節と指を砕かれた上で胸に穴を開けられていた。皆、苦悶の表情を浮かべていて、自分の家族が嬲られるのを見ることしかできず、死んでいったのが分かった。

中には幼子や生まれたばかりであろう赤ん坊まで斧などで惨殺されて、遺体が曝されていた。

「痛マシイガ、先ニ進ムゾ」

俺もシェラと同じ感想を抱くとともに、このままここで時間を取ることで事態を悪化させるのを避けるため、先へ急ぐ。この惨状を作り出した者達への強い怒りが、心の底で知らず湧いてきていた。

「コンバンハ、イヤハヤ、マッタクモッテ、惨劇ニハイイヨルダ」
俺達が犯人たちが集う場所に到着したのは、半裸の蛮族の男達に囲まれ、左胸を外気に曝し、木に吊るされている美少女が、今まさに蛮族達の長と思しき大男に犯される直前であった。
先ほどの惨劇の現場と比べて被害者の人数は少ないが、全く同じ光景がここでも展開されており、少女の頬には止めどなく涙が流れていた。
俺は『黒頭巾』で隠された視線を素早く周囲に巡らせ、突然の乱入者である俺の登場で、蛮族たちの動きがとまったことを確認した。

救出目標の二人は、俺達と蛮族どもを挟んだ位置に拘束されており、一見で自分たちだけで身動きがとれない状況がわかる。

中庭の大樹に吊るされているチェリーブロンドの美少女のステータスを確認する。彼女がアホ勇者の許婚で、アルタイル辺境伯の令嬢であるリコ・フォン・アルタイルか。衣服が裂かれてはいるが命に別状はなかった。

問題なのは、右肘より先が欠損している男性だ。

男性は、蛮族たちと一緒にいる執事服の男の足元に転がされている。軽装の鎧を纏っているが、胸には執事のレイピアが深く刺さっており、そこから血が流れ落ちているのがわかる。

ステータスを確認すると、今もＨＰがどんどん減少して、既に全体の一割を切りそうになっていた。

「……ヤレヤレ、ギリギリ間ニ合ワナカッタカ。二人トモ、プランβデイクゾ」

アホ勇者の件もあるが、情報屋・ディーンからもらった資料で、ウェストシュバーンに自然の魔力の通り道である〝龍脈〟が集まっていることを知り、俺は予めプランを用意していた。

当初、ウェストシュバーンを治める辺境伯とその令嬢の身の安全を確保して協力を得るプランαを第一としていたが、辺境伯が瀕死であることから達成が困難だ。

このため、次善策であるプランβ――命の危険がない方を優先的に救出するプランへと切り替えざるをえなかった。

俺の心には、間に合わなかったことへの悔恨と、惨殺された人々への憐憫が、ふつふつと湧き上がっていた。

そして、この事態引き起こした圧倒的に〝弱い〟元凶たちを目の前にして、俺は、激しい怒りを抑え切れなくなっていた。

「わかりました」

「ご主人様の仰せのままに」

俺は二人の返答を聞き、

（以後、指示と俺達での会話は［念話］で行う。俺が許可するまで俺達の間では口での会話は厳禁だ）

（（かしこまりました））

【闇魔術】の『念話』――口頭での会話を使わずに術者と術者が指定した対象、及び術者が指定した対象同士で脳内での対話・意思疎通ができる――で指示を出すこと告げて、周囲に内容が伝わり兼ねない口頭での会話を禁止した。

俄かに蛮族たちが騒ぎ出し、事態は図らずとも動き始めた。

俺達は状況判断が悪すぎて、動きが緩慢な愚者たちへ、かねてから用意していた作戦行動を開始した。

第十五話　隠者は愚かな先祖返りの蛮族達を蹂躙する

「おい、セバスさんよ。水を差してきたあいつらはどうするんだ？」

「ふむ、二人の女性に関してはバランさんたちにお任せします。あの頭巾を被った人間がおそらく首魁です。尋問する必要があるので、捕らえていただけませんか？」

「わかった。おい！　お前ら、俺等のお楽しみを邪魔してくれたあいつらにおとしまえをつけさせっぞ‼」

「「「おお！！！」」」

男共の中で一際屈強そうな男の呼びかけに、およそ三〇人いる蛮族の男達が大声をあげて応えた。

執事の男はセバスチャン、蛮族の頭はバランというのか。

俺は『ヴァルキュリア・クロニクル』のユーザーインターフェースでこの場にいる者達のステータスを確認し、俺の『支配』の影響で『ヴァルキュリア・クロニクル』のユーザーインターフェースの一部を利用できるようになったシェラとアーナと情報を共有した。

この惨状の首謀者の会話から得た情報も活用して、俺はシェラとアーナに『念話』を即座に飛ばした。

（シェラは俺と一緒にバランと雑魚どもを抜いて、吊るされているあの娘を助ける。救出後、俺はしばらく動けなくなるから、頼むぞ）

（分かりました）

（アーナは、向かってくる雑魚を蹴散らしながら執事の男――セバスチャンを辺境伯から引き離せ。辺境伯の生死を問わず、奴からとにかく引き離せ。戦闘経験の差で苦戦をするかもしれないが、しばらく耐えてくれ）

（かしこまりました……）

（では始めるぞ！）

（《はい》）

二人の返事を聞き俺は、蛮族たちが作る壁の向こうにいる辺境伯令嬢・リコの下へ、ジグザグ移動で魔術を用意しながら駆ける。

「「ここから先へは行かせん！　ぬぅんっ!!　なにぃぃぃ!?」」

俺を真っ二つにしようとアドン、サムソンという名前の大男二人組が手に持った大斧を振り下ろしてきた……が、奴等が捉えたのは『隠者の紫衣』が作り上げた【幻影】だ。ハモった驚愕の大声を二人は仲良くあげた。

戦場にあるまじき隙だらけの姿だが、俺は奴等へ反撃よりリコ救出を優先する。【闇魔術】の『念話』を行い、出血抑止のために【水魔術】の『氷結』を辺境伯へ発動させながら、リコの下に辿り着いた。

シェラの方にはバランを含め、その扇情的な肉体を味わおうと蛮族の男たちが群がっている。

「はっ！」

「ぐわぁ！」

「た、助けてくれぇ！　凍る、凍っちまう!!」

一撃で複数の敵を攻撃でき、強烈な凍結効果をもつ『氷の魔槍ニヴルヘイム』によって、群がる雑魚共は氷像と化して完全凍結。シェラの追撃によって、氷結した身体が粉々に粉砕されていく。

夜闇に差し込む月の光が、氷の破片とシェラの長く美しい銀髪を照らし、月光を反射させているその様は、見る者を惹き付ける美しくも残酷な光景だった。

（アーナ！）

（ッ！　はい!!）

「はっ！」

俺の念話に応えたアーナは、兎獣人の血から引き継いだ脚力を活かしてセバスチャンに接近。袖口に隠し持っていたダガーを五、六本指に挟み、走りながら素早く二回投擲した。

「小癪な！　ぐっ……やりますね」

セバスチャンは辺境伯の身体からレイピアを引き抜いて、迫り来るアーナが投擲したダガーをかわし、避けきれないものはレイピアで斬り払う。

その隙を逃さずに接近したアーナが放った『飛び蹴り』を、セバスチャンは辛うじて戻したレイピアを盾にして防いだ。

「貴方の相手は不肖、このアーナが務めさせていただきます」

『飛び蹴り』を防がれたアーナは空中で二、三回転して危なげなく着地を決め、優雅なカーテシーをレイピアを構えるセバスチャンに返した。

アーナが投擲したダガーの狙いは、辺境伯の近くにいたセバスチャンの牽制だけが目的ではない。

リコが大樹に吊るされている縄もダガー投擲の攻撃対象に含めて切るように、俺は指示していたのだ。リコ達の救出時に想定される状況をいくつもシミュレートして、今の状況に合わせて俺は指示を出した。

落ちてくるリコを俺は受け止める。と同時に、アイテムボックスから普通の『外套』を取り出し、リコにかけ、リコの胸を隠した。

おいおい、なんでこんなものがあるんだよ……と、俺はリコの口にはめられている玉口枷（ボールギャグ）と言われるそれを見て、嘆息する。

そして、玉口枷と大樹を繋げる革紐を、リコが投擲し大樹に刺さっていたダガーで切断した。

「はぁああ……ありがとう、ございます。あの……貴方は？」

ようやく解放されて正常な呼吸ができるようになったリコが、俺に誰何してきた。

「見テノ通リ、怪シイ者デスガ、貴方ト辺境伯トハ敵対スルツモリハアリマセン。貴女ハ、コノママシバラクオ休ミクダサイ」

「え？…ん…ＺＺＺ、ＺＺＺ」

俺は『黒頭巾』の【声色偽装】で正体を判断できない声でリコに敵ではないことを告げ、彼女に『爆睡』をかけた。若干俺の魔術に抵抗されたのには驚かされたが、〈睡眠〉させることに成功した。こちらはこれでいい。

（アルタイル辺境伯のリック殿）

（うう……君は？……）

弱々しい力のない声だが、生命の灯火が消えかかっているリコの父親――リックは俺の言葉に反応した。

（訳あって、この地に来た者です。貴方にはあまり時間がないので、選んでください。このまま何も知らずに娘を置いて無念を抱いて死ぬか、悪魔に魂と肉体を売ってでも生延びて真実を知るか）

（何…を……言っている？）

（貴方の妻の死の真相と、勇者アルバートの真意のことです）

（！）

リック・フォン・アルタイル。彼の妻であり、リコの母親であるアイリーン・フォン・アルタイルは、エルサリア王国の王家の長女。

リックとは療養のために訪れていたアルタイル領のウェストシュバーンで出会い、恋愛結婚をした。

彼女はリックと結ばれてリコを儲けて、幸せに暮らしていたが、それはある日突然終わりを迎えた。

彼女を原因不明の病が襲い、体力が徐々に奪われて、アイリーンは当時四歳だったリコを残してこの世を去ったのだ。

(悩む時間はありませんが、後悔のない選択をしてください)

煽っているのではなく事実として、もうすぐリック自身がこの世に留まる選択をした際に施す作業にかけられる時間がなくなってしまう。

(私…は……生きたい……どんな手を、使ってでも……生きさせてくれ!)

(了解しました)

俺はリックの返答を聞き入れ、準備していた闇魔術を発動させて、意識が光に飲まれていった。

❖　❖　❖

「……ここは?　奴等につけられた傷がない??」

目の前には、先ほどと同じ鎧姿だが肉体に欠損がないリックがいた。リックは、自分の体に蛮族たちから受けた傷がないことを不思議がっていた。

「ここは俺が作った精神世界。この盟約書の内容を確認した上で、ここに血で署名することにより、生き長らえることができる」

俺はリックの前に、羊皮紙に真っ赤な血で書かれた盟約書を取り出して、確認の上で署名することを促した。

「君は一体？……んん？　身体が薄れていく？」

「このまま消えてしまうと時間切れ。そうなったら、俺でも手の施しようがない。あの世に行ってこれまでのことを綺麗に忘れて新たな生でもはじめてくれ」

「なにっ!?　それは困る。わかった。詳しいことはあとでいいから、署名しよう」

身体が半透明から徐々に薄くなっていっているリックは盟約書を一読してから、佩いていた短剣で指先を傷つけて署名した。

「これで契約は完了した。向こうに戻り次第、狼藉者共を地獄に送ろうか」

「了解した。わが主よ」

俺の言葉に身体の濃度が戻ったリックは、真紅に変色した瞳を輝かせながら、不敵な笑みを浮かべてそう応えた。

「お頭！　娘が奪われやしたぜ!!」

「なにぃ!? ちっ、セバスの野郎は何やってんだよ。よし、アドン、サムソン、ここは任せるぜ。その女に多少痛い目を見せてやってもいいが、あんまりやりすぎるなよ？ お前達は俺についてこい」

「「「へい！」」」

シェラに気を取られて今頃俺がリコを確保したことに気付いたのかよ。俺は内心で大きく呆れた。

眠り姫になったリコを守るため、俺はこの場から動くことを止めた。

その代わりにアイテムボックスにしまっていた隠者の専用武器である『天魔の杖』を取り出して、俺はバランと蛮族五人の迎撃準備を整え、戦況の確認を続けた。

「ふむ、惜しいですね。貴女の腕もなかなかのものですが、如何せん経験不足のため、ここまでのようですね」

アーナとセバスチャンの攻防は、序盤は奇襲によってセバスチャンの不意を突いたアーナが優勢であったが、実戦経験の差で次第に戦いの流れはセバスチャンに傾きだした。

「……そうですね。アーナの出番はここまでのようです。ご教授ありがとうございました」

そう言って、アーナは間合いを離しておもむろに、セバスチャンと対峙した直後に見せたこの場に不似合いな優雅なカーテシーをした。

「なにを……ゴブォッ!?」

ドシュっという肉を貫く鈍い音が当たりに響き、セバスチャンは執事服の腹部から長剣の刃を生やして、吐血した。

「今まで世話になったなセバス」

セバスチャンの後ろには、いつの間にか先ほどとは異なる漆黒の鎧に身を包み、右肘から先を失って瀕死だったリックが立っていた。

怪我が嘘のようになくなったリックは、セバスチャンの体に突き立てられた剣の柄を両手で握る。

「馬鹿な！　グフォっ…あの傷からどうやって回復を？　治癒魔術でも最早手遅れのはず!?」

「ああ、一般的な治癒魔術は、私の特殊な体質の所為でなかなか効きが弱い。怪我を治すのが難しいと、よく匙を投げられていたが、私の特殊な体質を逆に利用して、主に助けていただいたのだ」

「グッ…馬鹿な!?　そんなことをできるはずが！」

「まぁ、そんなことは今はどうでもいい。主からはお前の生死は問わないが肉体の損壊は極力抑えるように言われている。だから……」

「ひぃぃ、お、お助……」

「お前はそう言って命乞いをした使用人たちを助けたのか？　この……薄汚い裏切り者があああ!!」

激高したリックはセバスチャンに突き刺していた剣をさらに深く押し込んで、裏切り者の身体を貫いた。

「死にたくない……私は…まだ……」

その言葉を最期にセバスチャンは瞳から光を失った。

「安心しろ、お前はまだ死なない。いや、死なせてやらないと主が仰っている……お前の地獄はこれからだ……」

リックはそう告げて、セバスチャンの体から突き刺さった長剣を抜き取って血糊を地面に飛ばした。

「アーナの方は終わりましたか。では、こちらもそろそろ終わりにしましょう」

身体のラインが浮き出る白銀のレオタードと最硬物質であるオリハルコン製の女性専用最強防具の一つである『月の女神（ルナ）のファウンデーション』を身につけているシェラは、まるで自身の手の延長のように、自在に『氷の魔槍ニヴルヘイム』を振り回して、身体目当てに襲い掛かってくる不埒者を倒していった。

「アドン、儂等（わしら）であの女子をあの技で止めるぞ」

「おお、サムソン。これ以上、部下がやられるのは見ておれんからなぁ。だが、アドン。あの技はバランの兄者がいなければ完璧ではないぞ？」

「兄者はあっちに行って忙しい。それに先ほどの失態を返上しなければ儂等がまずい」

「たしかに」

そう言って、先ほどリコの下へと行こうとした俺を妨害したが失敗した大男二人組み——サムソンとアドンが、サムソンが前、アドンが後ろの縦一列になって、シェラに襲い掛かった。

「ッ！　はあッ!!」

油断なく、遠巻きに警戒している残り三人の蛮族と睨みあっていたシェラは、気合とともにサムソンへと魔槍を使った突撃をした。

「ぐふっ、今じゃあ！　アド……」

突撃の勢いそのままにアドンが飛び掛る前にシェラの突撃を受け止めたサムソンはその身にシェラの槍を食い込ませ、シェラの動きを抑制しようとした。サムソンは吐血し、その吐き出した血も凍って、全身が氷像と化した。

「サムソン!?　おのれぇ、サムソンの仇じゃ！　くらえい!!　……ガハアァッ」

サムソンの捨て身でシェラの動きが止まったと思ったアドンは、サムソンの犠牲を無駄にすまいと動けなくなったシェラに飛び掛り、体重と斧の重さをのせた強烈な一撃を叩きこもうとした。

しかし、シェラはサムソンを貫いたままの『魔槍ニヴルヘイム』を迅速に繰り出し、飛びかかるアドンもまとめて串刺しにした。

ほどなく、アドンもサムソンの後を追い、物言わぬ氷像と化した。

シェラがサムソンに使ったのは武技（スキルアーツ）『アサルトチャージ』。チャージ時間に合わせて突進距離が伸び、与えるダメージも増加する。縦一列に並んだ敵に効果的な槍の武技である。

「はあああああ！」

エルフ女性の細腕のどこにそんな力があるのか？　氷像と化した大男二人を串刺しにして槍で持ち上げたシェラは、魔槍を一気に引き抜き、槍系武技最大の攻撃力を誇る多段攻撃（ラッシュ）に分類される武技『スターダスト・ピアッシング』でサムソンとアドンの氷像を粉砕した。

「あの二人がやられた？　ひぃ、逃げ、逃げろおおお……え？　なんで、なんで足が動かないんだ？」

実力者二人が呆気なく倒されて恐慌を起こした蛮族の生き残りは、その場から逃げ出すために我先にと駆け出そうとした。

しかし、誰一人としてその場から離れることは叶わなかった。

なぜなら彼等の足は、いつの間にかシェラが地面に広げていた氷に覆われて、地面に縫い付けられていたのだ。

「あれだけ無辜の民に酷いことを仕出かしておいて、まさか何事もなく生きて帰れると思っていたのですか？」

シェラは端正な顔に表情を浮かべず、淡々とそう告げた。

身動きができない彼らができたのはもはや美しくも恐ろしいシェラの手によって、一人残らず断罪されるだけだった。

❖　❖　❖

「そいつは俺等のもんだ、返しやがれ！」

部下五人を引き連れてやってきた今回の愚か者どもの代表・バランが、俺の腕のなかで寝息を立てている辺境伯令嬢で、あのアホ勇者のアルバートの許婚――リコの引渡しを要求してきた。

まぁ、当然俺が応じるはずがない。

お互いの距離は少し離れている。バランの斧は、アドンとサムソンの二人が使っていたものよりも巨大で強力な物だが、まだ俺には届かない。

「おい、聞いているの、グベッ」

「お頭？」

目の前の何もない所でいきなり転んで地面に顔をぶつけたバランに、部下たちは驚く。

可愛いドジっ娘やポンコツ系美少女であれば何もない所で転ぶという行為は萌えポイントだと、どこかの誰かに聞いた覚えがある。

だが生憎、ムキムキマッチョで体に紋様の刺青を刻んだ半裸の大男では、誰得だと言いたくなるだろう。

それはさておき、バランをこけさせたのは言うまでもなく俺である。

俺が装備している隠者専用の武器の一つ『天魔の杖』の固有技【隠者の触腕（ハーミットテンタクルス）】でバランの片足を捉えたのだ。

【隠者の触腕】は装備者の能力に応じて最大八本の触手を作り出すことができるようになる。この触手は武器も持てて、アイテムも使え、一本毎に魔術を使うことができる。

つまり、一気に八回分の行動回数が増える公式のチート技（スキル）だ。

もちろん、デメリットもある、それは【隠者の触腕】の使用者は発動させたその場から全く動けなくなるのだ。

また、八回分行動回数が増えるが、行動処理に関しては個人の処理能力に依存するところが大きい。

そのため、どうしても処理が追いつかずに、待機になってしまう触手が発生してしまうことがあるのだ。

イカや蛸ではないため、三本以上の腕を使うことは、普通の人間には困難で当たり前だ。

とはいえ、慣れの部分もある。多くの失敗の末、俺はこの世界に転生後、人知れず訓練をして、なんとか実戦に耐えうるレベルまで習熟した。故に今回が初回運用。問題なければ今後も『隠者の触腕』の運用を検討することにしている。

閑話休題。

「くそっ！　俺を放しやがれ！　この!!」

むさい大男バランは、転んだ拍子に愛用の武器を手から離してしまい、『隠者の触腕』に足を掴まれて宙吊りにされて大声で喚いている。

触手に素手で打撃を与えようと無駄な努力をしていた。あまりに煩いので、俺はバランが沈黙するまで、思いっきり何度も頭から地面に叩きつけて黙らせた。

「お頭を放しやがれぇ！」

よく言えば主思いの——悪く言えば蛮勇で、十八歳ぐらいに見える蛮族の男が、『隠者の触腕』のペナルティで動けない俺に襲い掛かってきた。

しかし、次の瞬間、辺りには不快な轟音が鳴った。そしてその轟音に相応しい光景が、俺の目の前に広がっている。

俺は向かってきた蛮族の男に、『隠者の触腕』で捉えた『バラン』を叩きつけた。結果として『バラン』を叩きつけられた男は、地面に自分の血で作った海のなかで、潰れて事切れていた。

こいつらが大した戦闘力もない一般人であるこの屋敷の使用人たちにやったことを考えれば、俺は全く良心の呵責がない。

　悪人を懲らしめるのが善人である必要はないのだ。

　折角立てていた計画を邪魔された怒りもあった。俺はバランを掴んでいない『隠者の触腕』の一つで、潰れた男の死体を掴んだ。

「「うわ、うわあああああああ」」

　その触手の一連の行動を見て、それまで呆然として静観していた他四名の蛮族が一目散に逃げ出していく。

　だが、俺の計画の邪魔をしておいて横槍を入れた者達を、俺は寛容の精神で見逃がすつもりはない。報いは受けてもらう。覚悟してもらおうか。

　鞭系武技（スキルアーツ）『アザースピン』で掴んだ死体を独楽（こま）のように回転させ、射出。

　強烈な吸い込み効果をもつ旋風をその死体を中心に発生させて、慌てて逃げようとしていた男たちを一箇所に集める。『隠者の触腕』で捕獲して物言わぬ状態になっているバランを、再びその集団に思いっきり叩きつけた。

　激しい衝撃と轟音で擂鉢（すりばち）状に地面はへこみ、蛮族の男ども四人は五肢が砕け散って全滅。回転させていた死体は地面に杭のように打ち付けられて完全に潰れていた。

　『隠者の触腕』で掴んで武器にしていたバランも触腕が掴んでいた足の関節が外れ、先ほどの一撃で完全に片足が千切れた。

　集団に叩きつけた一撃がトドメになり、それまでは辛うじて生きていたようだが遂に死んだのを確認した。

第十六話　隠者は躊躇いなく裏切り者を拷問する

俺は『血の盟約』で配下にしたアルタイル辺境伯リック・フォン・アルタイルを連れて、リックの屋敷の地下にある、光の決して差さない部屋を訪れた。

リックは、俺と『血の盟約』を交わしたことで俺の使い魔という存在に変質して、人間から魔族に変わった。

リックの職業は騎士の最上級職の一つである騎士卿(ナイトロード)から暗黒卿(ダークロード)になって、盟約による効果で一命を取り留めたのだ。

蛮族との戦闘後、俺はシェラにメイド服に着替えて、街の警備兵の詰め所へ行くよう命じた。警備兵たちに体裁上で必要な周囲の警備と、使用人たちの死体の後始末などを手伝ってもらうためだ。

眠っているリコはそのまま屋敷の彼女の部屋のベッドへ寝かせている。

リコと歳が近いアーナには、リコの護衛をするとともに、彼女の傍にいて様子を見ているよう命じた。

ついでにリコが目を覚ましたら、自己紹介して仲良くなっておくようアーナには言い含めている。当然、『神眼鏡』はアーナから没収済みだ。

シェラとアーナに指示を出した後、俺は屋敷にある隠し地下室へリックに案内してもらった。

俺は、裏切り者のセバスチャンの死体をアイテムボックスに入れている。地下室に到着した後、アイテムボックスから俺は『特製拘束椅子』を出した。そして、その椅子にセバスチャンの死体を座らせる。

リックに手伝ってもらいながら、死体の両手両足の五指を革ベルトで特製の肘掛・足掛に固定した。

セバスチャンがリックに刺し殺されてから、あまり時間は経っていない。その好条件を活かすために、俺はさっさと【死霊魔術】を使って、セバスチャンをゾンビとして蘇らせた。

なぜ俺が裏切り者のセバスチャンをゾンビとして復活させたか。それはセバスチャンを尋問して、その背後にいるだろう現エルサリス国王たちやユピタリス聖教に関する情報を引き出すためだ。

特にユピタリス聖教の内部情報は入手が困難で、ディーンに頼むとその難度の高さから他の情報料よりも金額が抜きん出てしまう。

この地下室にはシェラとアーナ、リコは同行させていない。俺は彼女らを今後もこのような場に連れてくるつもりはない。

本当ならば、俺一人でやるつもりであった。しかし、リックが自分も個人的に絶対に確認したいことがあるからと、主張して引かなかった。俺はリックの気持ちも理解できるので、リックの同行を許可した。

セバスチャンを【死霊魔術】でゾンビにした後、一泊するはずだった宿屋に俺はシェラと共に戻った。俺達がその仮宿からリックの屋敷の空き部屋に移るためだ。

　リックと交わした【血の盟約】上では、俺が主人でリックが従者ではある。しかし、世間で俺は一介のその日暮しのならず者の冒険者であり、リックは貴族の辺境伯という明らかな身分の隔たりがある。

　この世間体を無視すると、辺境伯に襲い掛かった惨劇の直後なので、噂を含めていろいろと面倒なことになる。

　俺は、リックには今後もしばらくはこれまでどおり、辺境伯を続けてもらうつもりでいる。リックは俺にアルタイル辺境伯を代わってもらい、その配下として仕えたいと訴えた。しかし、話し合いの結果、リックは納得して現状維持となり、俺達はリックの食客となることに決まった。

　その経緯で俺達三人は、リックの屋敷に部屋を用意してもらうことになった。このため宿屋に停めてある馬車を取りに、俺とシェラは戻る必要があったのだった。

「主（あるじ）よ、セバスが目覚めました。馬車はこのまま真っ直ぐ行って、左に停める場所があります」

　屋敷の門の前で警備兵と打ち合わせをしていたリックが宿屋から馬車で戻ってきた俺に報告した。

「そうか、シェラはリックが今言った場所に馬車を停めたあと部屋は……」

「空き部屋をお好きにお使いください」

「とのことだから、休める部屋を見繕っておいてくれ」

「……かしこまりました。ご無理はされないでくださいね」

「ああ、分かっているよ。ありがとう、シェラ」

俺はシェラの操る馬車を降り、リックを伴って屋敷に入った。

セバスチャンを閉じ込めている地下室は簡単に見つかる場所にはない。執務室の隠し部屋の先にある隠し通路、その先にある隠し部屋だ。

「ここはどこだ？　私を解放しないとお前達は後悔することになるぞ」

拘束された状態でセバスチャンは開口一番、脅し文句を言ってきた。

「だそうだ。私では手に負えそうにないから任せた」

「かしこまりました。お屋形様」

バランたちを撃退したとき、セバスチャンは俺の素顔が『黒頭巾』に隠されていたため知らない。それを利用して、今の俺は素顔でここにいる。

俺はリックに仕える平民という設定なので、彼をお屋形様と呼び、この場では口調をなるべく丁寧にするよう気を遣う。

俺とリックの本当の上下関係をセバスチャンに悟られ、侮られて、情報を聞き出す手間を増やさないためだ。

「これから俺達は貴方にいくつか質問します。きちんと本当のことを答えてくれれば、痛い目をみなくてすむかもしれませんよ？」

「ふん、誰が貴様等人外の末裔どもの責め苦に屈するか！　第一、何故誇り高い人間であるこの私が責められねばならんのだ。全く、貴様等こそ、こんな無駄なことはせずにささっと私を解放しろ！」

セバスチャンから、状況がまるで理解できていない頭の悪い罵声が返って来た。さらに、俺に向かって、唾を吐きかけてきた。全くもって、いい度胸である。

「……ではまず最初の質問です。貴方は何故蛮族と手を組んだのですか？」

「……」

「無視ですか、仕方ありませんね」

そう言いながら、俺はアイテムボックスから金属製の小槌を取り出した。そして、おもむろに掌を開いて固定されているセバスチャンの右手の小指へ、体重を乗せて思いっきり小槌を叩きつけた。

「ぐあああああああああああああッ！」

骨と肉がひしゃげる音が、狭い地下のこの部屋の中に響く。肘掛に固定されているセバスチャンの右手の小指は確認するまでもなく砕けている。

ゾンビだから痛覚が普通の人間よりも鈍いと思われるかもしれない。しかし、今回俺がセバスチャンにかけたのは『上級反魂魔術』である。本来は死によって失う全ての肉体の感覚を逆に鋭敏にし、死体を戦闘能力の高い僕へ作り変えるのも【死霊魔術】だ。

実際、ゾンビ化した今のセバスチャンは座っている椅子から簡単に脱出できる。普通の人族では不可能だが、拘束している椅子を壊せる筋力を得ているのだ。

しかし、人としての意識が目覚める前のセバスチャンに、俺は［命令］で「椅子から立つことと、椅子を壊すことを禁止」している。反魂させたゾンビは術者と魔力で繋がる一種の魔法生物である。

術者は命令を魔力を通して直接伝えることもできるので、反魂させたゾンビの意識の覚醒の有無は命令を下すことに影響がない。

俺の［命令］のため、セバスチャンは自分の意思で椅子から立ち上がれないのだ。

「そんなことで情報は引き出せるものなのか？」

体裁上、立場が上であるリックが疑問を口にしてくる。

「これはまだ序の口ですよ。なにせ指は両手両足合わせて二〇本ありますからね。指先は痛みに敏感なので、俺は試したくもありませんが、指が砕けるとかなり痛いそうです。俺が全部の指を叩き折る前に、この人がお屋形様の質問に答えてくれればいいのですが……」

実際は、俺自身も拷問に関しては知識があるだけで、地球(むこう)で実践したことはない。しかし、知識として唇と指には、痛覚刺激を受容する自由神経終末の分布密度が高いのを俺は知っている。

魔力と言う地球にはないものが、この世界の人間は扱える。

しかし、その身体の構造は地球の人間と変わらないことを冒険者生活のなかで俺は確認した。

「ぐううう……」

それから俺の手によって、セバスチャンの右手の指は全て砕かれた。しかし、額に苦悶の汗を流しながら、セバスチャンは最初は悲鳴は上げたが、それ以降は悲鳴を上げずに耐えて黙秘を続けている。

「なかなか強情だな」

リックは溜め息と共に呟いた。

「となると、次は左手ですね」

俺は小槌を握り直して、セバスチャンの固定されている左手に近寄る。

「ふとした疑問なのだが、どうして小指からやっているんだ？」

「小指が使えなくなると拳を握ることができなくなり、ものを持つ力が半減するからですよ」

「なるほど」

俺の答えにリックは感心したようにそう納得した。

「では続けますね」

俺は再び小槌を振り上げてセバスチャンの左手の小指目掛けて一撃を振り下ろす……ように見せかけて、フェイントを挟み、体重を乗せた一撃を、砕いた右手の小指に再度直撃させた。

「ぎぃやああああああああ」

部屋のなかにセバスチャンの絶叫が鳴り響いた。痛みに耐えようと強張っていたセバスチャンの意識の隙を突いた強烈な一撃だ。

「さて、話す気になりましたか？……では今度こそ左手の小指ですね」

俺はわざと聞く間を短くして、再度小槌を構えて小指(もくひょう)へ振り下ろそうとする。

「待て、待ってくれ。答える、答えるから、頼む、止めてくれ。実は国王陛下からは……」

黙秘を続けていたセバスチャンだが、遂に耐えかねて、堰(せき)を切ったように喋り出した。俺達が聞かなくてもセバスチャンはいろいろと白状してくれた。

細かいことは置いておくとして、俺とリックが特に気になっていたのは次の三つだった。

一つはなぜ蛮族たちとセバスチャンは手を組んだのか。

もう一つは聖剣の勇者と称されているアルバートがどうして許婚のリコを蔑ろにするようになったのか。

そして、リコの母親の死因は本当に流行り病なのか。

俺の拷問に怯えるセバスチャンは俺達の疑問に全て答えてくれた。俺はもう少し苦労すると思ったのだが、若干拍子抜けである。

まず、一つ目のセバスチャンと蛮族が手を組んでいた件。

ウェストシュバーンの北の山脈に住んでいる蛮族たち——ドルテア部族国の国民は元々、オーガとオーガに攫われた者たちの間に生まれた人々の末裔だ。

彼等は当初、東のイスタリア連邦から追われて、今のウェストシュバーンの北にある山脈に流れ着いた。まだ、オーガの血が濃かった彼等は時折、山を下りて近くのエルサリス王国の村を襲っていた。

先々代以前までのアルタイル辺境伯の仕事の一つには、ドルテアに襲われる村の守護もあった。

しかし、先々代のアルタイル辺境伯は穏健な人物で、ユピタリス聖教の種族差別に疑問を持ち、配下に魔族や獣人、エルフなどやその混血も置いていた。

そのため、なんとしてもオーガとの混血たち——蛮族とも共存できないかと辺境伯は考えた。熟慮の末、蛮族の略奪者達を辺境伯は討伐し、生き残った共存派の蛮族を統べる者と講和したらしい。

現在、蛮族たちの間では子供が生まれにくくなっている。さらに、血族間での結婚が繰り返されたためオーガへ先祖返りをした者がでてきてしまった。

その先祖返りが昨夜、俺達が倒したバランたちであった。

奴等は蛮族の中でも特に力が強いことを理由に横柄な態度を取って、忌避され疎まれていた。次第にバランたちはそれまで仲間扱いしていた他の蛮族も見下すようになった。

そして、バランたちは蛮族の長の制止を聞かずに山を下りて、近隣のエルサリス王国の村々を襲った。

最初は上手く略奪をしていたバランたちだが、徐々にアルタイル辺境伯であるリックの防衛依頼を受けた冒険者達に邪魔をされて、食糧を奪うことができずに困窮する。

そのときにバランたちは機会を窺っていたセバスチャンと出会う。

バランはウェストシュバーンでの略奪行為を条件に、セバスチャンと取引をしていたらしい。セバスチャンに捨て駒にされるとも知らず……ふむ、穏健な蛮族がいるならば、一度、蛮族の長に会ってみるか？

次に、二つ目。あのアホ勇者が許婚であるリコを蔑ろにしている理由。これはディーンから買った情報を元に、俺が予め予想していたとおりのものであった。

アルタイル家の祖は、なんと淫魔だった。リコの身体には、代を経て薄くなっているが、淫魔の血が流れているはずなのだ。本来であれば。

エルサリア王国の建国に尽力した功績で、リコの先祖の淫魔は初代国王からアルタイル辺境伯に叙された。淫魔であることを隠さず、むしろ公言していたとのことだ。

それに反発したのが、エルサリア王国の一部で信仰されていたユピタリス聖教の信徒達と一部の貴族達。ユピタリス聖教には、純人間族以外を同じ人と見ずに奴隷として扱う過激な教義がある。

実際、ユピタリス聖教徒の種族差別による迫害から逃れてきた者達をリコの先祖は保護し、配下にしていた。

聖教徒の迫害から逃れてウェストシュバーンに移り住む者は多く、なかなか後を絶たなかった。そうして、いつしかウェストシュバーンは人が増えて辺境にありながら豊かな街となっていた。

そのアルタイル辺境伯の繁栄を妬んだ中央の貴族は、ユピタリス聖教とつながった。徐々に中央貴族の多くはユピタリス聖教の人族至上主義に染まっていく。

アルバートの両親は中央の貴族であり、アルタイル辺境伯領の繁栄を妬む、熱心なユピタリス聖教徒だった。そのこともあって、アルバートとユリアは小さい頃に聖教徒として育てられていた。

しかし、物事があまりわからない子供のころは、リコも同じ人間族だと思っていたらしい。

二人の態度が変わった出来事は、アルバートのためにユリアが、ユピタリス聖教の僧侶を志したことだった。

聖教徒の神官たちは、アルタイル辺境伯家には魔物、淫魔の血が流れていることをユリアに話を盛って教えた。そして、ユリアからアルバートに、リコの体に流れる淫魔の血の話が伝わったのは間違いない。常日頃から勧善懲悪（きれいごと）などを振りかざしているだけのアルバートが、魔族である淫魔の末裔であるリコを激しく嫌悪し始めたのは想像に難くないだろう。

聖教徒の神官たちは冒険者のアルバートを依頼という形で総本山に呼び出す。しばらくして、アルバートは聖剣に認められた勇者であるとユピタリス聖教が王都で広め始めた。その後、アルバートは勇者としてエルサリス王国の美姫であり、純粋な人族のアリシアと出会い、許婚であるリコから心が完全に離れてしまったのだった。

アルバートが、許婚がいることを俺に自慢していたのは結局のところ、俺への見栄だったようだ。

俺の使い魔からの情報では、凶悪な魔族の末裔である辺境伯たちを討つとアルバートは豪語している。その演説映像も王都のユピタリス聖教の教会で販売されている。興味本位で俺は、使い魔に一つだけ買わせた。

幼少時に、妹のユリア共々リックに世話になった恩を忘れたアルバートの演説を見て、俺は呆れた。

全くの余談だが、今のアルバートの実力では、その手にある聖剣の力を借りても、絶対にリックには勝てない。

やはり、リコにはアルバートのアホのことを忘れてもらい、俺との子を産んで幸せになってもらおう。俺はそう確信した。

そして、リコの母親、アイリーンの死。この真相はユピタリス聖教とアルバートの父親であり、現エルサリス国王の命に従ったセバスチャンが共謀した暗殺だった。

調べるとすぐにわかることだが、アイリーンは現国王の腹違いの妹だ。亜人や他種族との混血の末裔に対する偏見がない、慈愛に溢れた女神のような女性だったらしい。そのアイリーンの容姿はリコを赤毛にして、背を伸ばし、歳のわりに大きな胸をさらに大きくしたものだとか。

彼女は当時、王女で王位継承権第二位という立場上、気軽に外出ができなかった。しかし、養生を口実に、以前から王城の書庫にある書物を読んで興味があったウェストシュバーンを訪れた。そこで、次期辺境伯として頑張っているリックと出会った。

惹かれあう二人は当時のエルサリス国王に認められて恋愛結婚する。これには先代エルサリス国王がユピタリス聖教の危険性を考慮した上での政治的判断と、父親として娘の幸せを願う意図があった。二人は多くの人々に祝福されたが、祝福しない人間もいた。

アルバートの父親もその一人だ。この男はリコの両親が出会う前から、アイリーンに執心していたが、好かれるどころか、アイリーン当人に激しく毛嫌いされていた記録がある。しかし、アルバートの父親はアイリーンと結婚することを周囲に公言していたそうだ。

アイリーンがリックと結ばれたことが中央貴族の間で広まるとすぐに、アルバートの父親は貴族達の間で失笑と嘲笑の的になった。それと同時に、アルバートの父親の評判は地に落ちていく。

名誉を挽回するためにアルバートの父親は、リックと離縁するようにアイリーンに迫って求婚する。その面の皮の厚い行動とリックを侮辱したため、アルバートの父親はアイリーンの大顰蹙を買った。そして、アルバートの父親はこのことを激しく逆恨みしていたらしい。また、当時は王子だった現国王は、評判のいい異母妹であるアイリーンが目障りで仕方なかった。

自分の約束されている王位が、アイリーンに奪われるのではないか、と常日頃から考えていたらしい。そのため、アイリーンの王位継承権を手段を問わず消滅させるよう、セバスチャンに命令していた。

アルタイル家が目障りなユピタリス聖教。リコの両親を激しく逆恨みしているアルバートの父親。アイリーンの王位継承権消滅を望む当事、王子であった現国王。この三者は利害の一致で共謀する。

アルバートの父親が入手した東方の珍しい神経毒を、セバスチャンがアイリーンに少しずつ盛る。

毒で倒れたアイリーンをセバスチャンの息がかかった医師が診察し、わざと誤診。続いて、アルバートの父親の口添えで、ユピタリス聖教から治癒術の使える神官を派遣する。

しかし、アイリーンとその家族のユピタリスへの信仰心が足りないから、アイリーンは治らなかったと神官は公言し、治療できない不治の病と公表してアイリーンを殺す謀略だった。

最後まで治療法がみつからないため企みは成功し、アイリーンは幼いリコを残して亡くなってしまった。

もちろん、リックは愛する妻の治療のために全力で奔走した。しかし、医師の誤診と珍しい神経毒であったことが災いし、リックは妻であるアイリーンを失った。

「俺はこれで失礼します。あとはお屋形様にお任せします」

そうリックに告げ、セバスチャンとリックの二人を残して、俺は地下室を出た。

扉を閉める直前、俺の耳に何か聞こえた気がしたが、気のせいだろう。

第十七話　隠者は雑事をこなしつつ、兎獣人メイドを愛でる

「お疲れ様です。ご主人様」

長い銀色の髪をポニーテールにしてメイド服を着たシェラが俺を労ってくれた。

俺とリックがセバスチャンに拷問をしている間、シェラには仮眠をとるように［命令］していた。

このアルタイル辺境伯の屋敷の警戒は俺の索敵用使い魔に任せているから問題ない。そして、既に簡易トラップも設置済みだから防備も大丈夫。

時間にしておよそ三時間。屋敷の風呂の有無はまだ分からない。だが、たとえ風呂があっても、家主のリックの許可なく使うわけにはいかない。

次善策として、アイテムボックスに確保している適温の湯と手ぬぐいをシェラに渡した。それで身体を拭いて、俺がセバスチャンを拷問している間に汚れを落としておくようにシェラに言っておいた。

おかげでシェラは多少さっぱりしたようで、身だしなみもきっちり整えている。

「悪いが思った以上に消耗しているみたいだ。休める部屋に案内してくれ」

俺はシェラにそう告げて、着ている服をリックの配下役のための『市民服』から普段着代わりに着ている『闇の法衣』に替えた。

「かしこまりました。こちらです」

俺とリックがセバスチャンを拷問している間に、リックの屋敷の部屋の配置を完全に把握したシェラが、俺を案内したのは、大人が三人以上横に並んで眠れるベッドがある部屋であった。

他にもこの部屋には机、椅子、大き目の書棚といったものが一通り揃っている。

「そういえば風呂場はこの屋敷にあったか？」

「はい。王都エルドリアで泊まったご主人様のセーフハウスにあったおよそ倍の広さのものがあります。申し訳ありませんが、今は浴槽に湯を張っておりません」

そうか、風呂場は広いのか。俺は今後使えることになるのを期待しつつ、現状の自分の身をどうするか考える。

俺の頭に、アイテムボックスに入れてあるバスタブを出して、入浴する考えが過ぎった。

しかし、眠気が勝り、億劫になってきているので、身体を拭いてさっさと仮眠をとることにした。

「調理場で沸かした湯を用意して参りました」

「ああ、ありがとう」

俺の考えを予見していたのか、湯気がたっている桶をシェラが取り出した。

シェラとアーナには『支配』の機能の恩恵で、俺が使える『ヴァルキュリア・クロニクル』のユーザーインターフェースと共有アイテムボックスの利用が可能になっている。

共有アイテムボックスは、俺のアイテムボックスとは完全に別物である。その違いは三つ。

一つはアイテムの収納個数は『支配』している人数により比例すること。もう一つは、死体は収納できないこと。最後の一つは収納時に時間停止は設定できない。この三つだ。

俺は替えの下着を用意した後、着ている『闇の法衣』を［装備］から解除して、アイテムボックスにしまった。

俺が服を全て脱いだところでシェラが湯を絞ったタオルを持って、俺の身体を拭いてくれた。

俺は最初、自分で体を拭こうとしたのだが、シェラが自分の仕事だからと可憐な笑みを浮かべながら嬉しそうに言って、最後まで譲らなかった。俺は身体を拭き終えた後、手早く下着を着て、長時間立っていた足を休めるためにベッドに座った。

「アーナはどうしてる？」

「リコ様と打ち解けて、話し相手になっています」

「そうか。俺と交代でアーナにも仮眠を取らせる。俺は四時間後にリコ嬢の様子を見に行く。シェラはその旨をリコ嬢とアーナに伝えておいてくれ。あと、アーナには今夜、寝る前に身を清めて俺の下に来るように言っておいてくれ」

「はい」

期待しているであろうシェラには悪いが、アーナがまだ俺に抱かれてなくて、不安がっている。今回の活躍の労いを含めて、俺は今夜はアーナを愛することに決めていた。

俺の懸念とは裏腹にどこか安心したような表情のシェラの返事が聞こえた。シェラがアーナ達へ俺の伝言を伝えるために部屋を出てから、メニューコマンドのアラーム機能を設定したところで、俺の意識は眠りに落ちていった。

「ワズカデモ期待シテイルカモシレナイカラ、先ニ言ッオクガ、俺ハ〝アルバート〟デハナイ。俺ノ名ハ〝カノン〟ダ」
そう言って、俺は頭から『黒頭巾』を外して、リコに素顔を見せた。俺は仮眠を終えて起きた後、リコの休んでいた部屋を訪れた。
素顔のままの俺がリコの部屋に行っても、俺が、リコが助けられた『黒頭巾』の男と同一人物であることを分からせるのは難しい。だから、俺はあえて昨夜の決戦用装備でリコの部屋を訪れた。
「いいえ、助けていただいたお方にお礼を述べずに不満を申し上げるほど、私は恥知らずではありません。

父とも ども、危ないところを助けていただきまして、ありがとうございましたカノン様」

そう言って、リコは儚げな笑みを浮かべて、綺麗に整えられたチェリーブロンドの頭を下げた。

しかし、笑みを浮かべてはいるけれども、それが社交辞令であることは明白だった。なぜなら、彼女がごく一瞬だが、俺が素顔を見せたときに落胆の表情を浮かべていたからだ。

それはさておき、リコはバランに破かれていた夜着ではなく、普段着と思われるドレスを着ている。

どうやらリコは着痩せするタイプのようだ。

わずかの間であったのだが、両目に焼き付けた昨夜の光景と今のそれを比較して、俺はその結論に至った。

「それで、どのようなご用件でしょうか？」

抑揚のない口調と無表情でリコは尋ねてきた。

「ここに来たのは貴方のお父上、辺境伯様から貴女がどこまで今回の話を聞いているか。これからをどう考えているのかを確認しておきたかったからだ」

セバスチャンを監禁している隠し地下室から出てきた後、リックはリコの下を訪れた。そして、俺達のことや今後のことについてリコと話し合ったという報告をアーナから受けた。

リックは俺がリコを伴侶とすることには肯定的ではあるが、娘の気持ちを考え、ある条件をつけてきた。

「カノン様、私のことはリコとお呼びくださってかまいません。父からは私がカノン様の下に今回の報償として嫁ぐ話は伺っております……私に異存はありません。ただ、私はまだ未成年ですので、成人する四日後まで男女の仲になるのはお待ちいただいてよろしいでしょうか？」

「ああ、俺は構わない」

リックの出した条件はリコに気持ちの整理をさせたい。故に彼女が成人する四日後のリコの誕生日までは待ってほしいということだった。

リコを確実に篭絡するための準備をしている俺は別段、その提案を断る理由がなかったので承諾した。

「そうか。話は変わるが、リコ、君は魔術が使えないと俺は聞いているが、間違いないか？」

「はい。お恥ずかしながら、今まで多くの先生に師事して参りました。しかし、素質がないと全ての方に匙を投げられています」

俺の問いかけに、リコは自嘲した笑みを浮かべる。

「これまでその（俺よりも格下の上級魔術師（ハイソーサラー）の）先生方が試していない改善方法に、俺は心当たりがある。それなりに準備が必要になるが、試してみるか？」

「……はい。素質のない私が魔術を使えるとは思えませんが、お願いいたします」

「わかった。四日後以降になるから楽しみにしておいてくれ」

「はい。分かりました」

俺には成功する目算がある。

しかし、未だに魔術士を志す子供が使える初級魔術すら使えないリコは、諦観を感じさせる返事を返してきた。そのあと、世間話をして俺はリコの部屋を辞した。

❖ ❖ ❖

「ご主人さまぁ、失礼いたしますぅ」

その日の夜。諸々の雑事を片付け、食事も終えた後、湯浴みを済ませたアーナがやってきた。

俺とアーナがいるのはリックの屋敷の俺の部屋でもなければ、ウェストシュバーンにある宿屋の一室でもない。

俺達がいる建物は、広大な敷地をもつ辺境伯の屋敷の庭の片隅に設置したアイテムの『コテージ』だ。

旅先で何度も利用しているので、アーナも落ち着くことができるだろうという考えと、流石にまだ住み慣れていない、立派な辺境伯の屋敷の一室でするのは気が引けたからだ。

それと、どうせこの屋敷でヤルなら最初はリコとがいいだろうという考えが俺にはあった。故に、俺はアーナとやるためにアイテムボックスから、『コテージ』を取り出した。

今回設置したコテージの間取りは2Kで風呂とトイレは別、ベッドは二つ付属している建物だ。

空調、防音など設備も充実している。一日使うと二四時間は使えなくなるのだが、使用可能になるとベッドも新品同然の物になる。

『ダンジョン・シード』でプレイキャラがドワーフのときに造ったアイテムの一つだ。俺はこの便利アイテムを二つ所持している。

ウェストシュバーンまでの道中、シェラとほぼ毎晩このコテージの一室で愛し合っていた。

ちなみにアーナは夕方のシェラとの特訓で体力と精神力を完全に使い果たして、防音結界が張られた別室で泥のように眠っていた。また、時にはゴーレム馬車の座席のリクライニングを完全に倒した簡易ベッドでアーナは毎日爆睡していた。

「お疲れ様、アーナ」

ベッドに座っている俺はアーナを労い、呼び寄せて膝の上に座らせた。そして、少し緊張気味に座っているアーナの頭を俺は優しく撫でる。

「ふわあぁぁ……」

途端に、アーナは声をあげ、気持ちよさそうに目を細めている。アーナの頭のウサ耳と相まって、なんだかペットの兎の頭を撫でて愛でているような錯覚をしてしまう。

「ご主人様ぁ、気持ちいいですぅ」

悪戯心から俺が手を止めると、細めた目を開いて、まだ撫でて、撫でてと、アーナは頭で俺の手を押してくる。

加えて、アーナはうるうると目でも訴えてくるので、俺はアーナを撫でるのを再開した。

アーナの体からいい具合に力が抜けてきたので、俺は空いている左手をアーナの顎に添えて、アーナにキスをした。軽く唇に触れるバードキスである。

「アーナ、次からキスをするときには口ではなく、鼻で呼吸するようにしてくれ」

唇を離して告げた俺に、アーナが驚きで目を丸くしているのを確認し、俺は再びアーナの唇を塞いだ。

「ん♥　ん♥　ん♥……」

アーナの顎に添えていた左手は離して、俺は小柄なアーナの腰に回した。撫でていた右手はアーナの頭から、徐々に背中を撫でるように下ろしていく。

右手の動きに合わせて俺は、舌をアーナの口内に送り込んだ。

閉じていたアーナの唇を舐め、アーナの口内を蹂躙して、俺の舌はアーナの舌に絡みついて捉えた。

頬を赤らめたアーナは、両手を俺の頬の下に添えて眼を閉じ、俺から送られてくる唾液を嚥下している。

俺のなすがままのアーナから俺は、彼女が着ているメイド服をアイテムボックスの中にしまった。

目の前にいる今のアーナは、ガーターベルトをした白の下着姿になっている。

いつしか、俺はアーナの背中と腰に回していた手を尻に移して、指先からアーナの尻肉の感触を味わう。

小柄な幼く見える体に反して、アーナは女性としてすでに十分な肉付きをしている。俺は指先から感じる心地よい弾力をもつアーナの尻肉を堪能した。

「はふぅぅぅ」

唇を離して、アーナは添えていた顎から俺の両胸に手を置き、呼吸を整えていた。

アーナは目を蕩けさせ、俺にその小柄な体を傾けてきた。アーナの尻肉を愛でる手を止めた俺はゆっくりと下着姿のアーナをベッドの上に押し倒した。

ベッドに押し倒された衝撃で、白いブラに包まれたアーナの豊かな胸が揺れる。

抱きしめるとすっぽりと俺の腕のなかに収まるその小柄な体に反して、アーナの胸は大きい。

童顔、種族故の低身長要素をアーナは併せ持つので、立派なロリ巨乳と言えるだろう。

俺はまずアーナの額に口付け、次いで鼻先、左頬、唇と順々に唇を落としていく。そして、アーナの首筋に俺は吸い付いた。

俺の唇が触れるたびに返ってくる、アーナの初々しくも可愛い反応を俺は楽しむ。さらに俺は首筋から舌を這わせて、アーナの白い柔肌を味わうことにした。

アーナの鎖骨を経由して、俺の舌先が向かうのはアーナの大きな右胸の乳峰。

その淡い桜色の頂上である。

「あっ、あっ、あんっ……♥」

嬌声をあげて悶えているアーナを尻目に俺は、乳頭の周りを舌先で何度もなぞって吸い付いた。

空いているアーナの左胸に関しては右手で下から掬うように愛撫している。

アーナはぽ～とした表情をしていた。しかし、俺が胸に吸い付くと、俺の頭に手をまわして優しく抱きしめてきた。

若干驚いた俺は、視線をアーナの表情へ向けてみた。すると、母性を感じさせる穏やかなアーナの黒い瞳が俺を見つめて、アーナは笑顔を浮かべた。

愛撫していた左胸も吸った後、再び、俺の舌はアーナの肌上を這わせていく。可愛らしいアーナの臍には舌先を軽く入れた後、さらに下腹部を進んでいく。

一旦、舌による愛撫を止めた俺は目前にあるアーナのショーツを目にした。先ほど、ベッドに横たえたときのアーナのショーツはクロッチにわずかに染みができている程度であった。しかし、今ではショーツがその用をなさないぐらいにびしょ濡れであった。

頃合なので、アーナに少し腰を浮かせるように俺は言う。そして、俺はアーナから愛液が染みこんだショーツを脱がせた。

アーナの大事な部分は茂みがなく、その恥丘は溢れ出る愛液が輝いていた。アーナの淫裂をわざと避けるように何度も俺は舌を這わせた。

「あ、あの、ご主人様ぁ」

「なんだ？」

俺はアーナへの愛撫を中断してアーナの顔を見る。

「い、いえ……」

俺の返事に気圧されたのか、アーナが言いよどむ。

「言いたいことがあるなら、言っていいぞ。確約はできないが、内容によっては俺は応えるかもしれないからな」

「うう……そのぅ、ちゃんとぉ、して、くださいぃ」

アーナは羞恥で顔を赤く染めて、そう告げる。

「ふむ、ちゃんとナニをしてほしいのか言ってもらわないとわからん」

俺が意地悪く素知らぬふりをして、そう答えるとアーナはさらに顔を赤くして俯いた。

今日は焦らすのはここまでにしておくか。アーナをいじめ過ぎて、セックスに苦手意識を持たせたくない。

そう結論付けた俺は散々焦らしたアーナの縦スジを舌でなぞった。

「きゃんっ！」

途端にアーナは大きな嬌声をあげて、開いていた足を閉じ、俺の両頬をその肉付きのよい腿で挟んだ。

さらに無意識に刺激を得ようとしているのか、アーナは両手で俺の頭を自分の陰部に押し付けている。

「あッ、あッ、あんッ♥　あッ……」

俺は気にせず、おもむろにアーナの肉貝を開いて、徐々に大きくなっているアーナの淫豆を舌先で何度も小突いた。

しばらくそれを繰り返すと、アーナは軽く達したように四肢を震わせて息を荒くしていた。

その愛液を滴らせている蜜壷の奥からは、どろりと粘度の高い濃厚なアーナの蜜が溢れてきた。

アーナの負担を極力低くする目的で、一息にアーナの処女を貫くために俺は横たわって、アーナに俺の体を跨がせ、自分で腰を落として俺と繋がるようにアーナに言った。

十分な硬度をもった俺の欲棒を自身の膣孔へ導き、アーナは自らゆっくり腰を落としていく。

しかし、恐怖からか、アーナは俺の先端が入口にわずかに入ったところで、腰を下ろすのを止めてしまった。

俺がアーナを手伝うために動きだそうかとした直後、アーナは突然、自分の体を支えていた足を大きく開いて、一気に俺を体内に迎え入れた。

「ッ！　ぃたッ〜〜〜ッ」

一瞬、俺はアーナの純潔を強引に貫き破った感触を先端に感じる。ほどなくして、俺の分身はアーナの最奥に到達した。

すぐに俺は上半身を起こして、痛みに震えているアーナを抱きしめて、その背中を撫でる。

アーナの痛みが落ち着いたのを見計らって、俺は再び上半身を後ろに倒した。

俺の両手はアーナの背中からアーナの両手を固く握り、指を一本一本絡めている。

しばらくして、少しずつ、ゆっくりと俺は猛る剛直をアーナの充分に潤った膣内（なか）で律動し始める。

ただ抜き差しするのではなく、突き出す度に突入角度を変えて、俺はアーナの反応が変わる場所を慎重に探

る。

　そして、多くの試行の果てにいくつかアーナが感じる場所を見つけることに成功した。

　そのまま、俺はゆっくりした動きから、少しずつアーナの弱点を重点的に攻める動きに切り替えた。

「あっ…あっ、あんっ♥　あんっ♥　……ああっ、気持ち、いい、ですぅ♥　ご主人様ぁ♥」

　アーナを攻めている一方で、俺も快感を感じていない訳ではない。次第に俺自身の射精欲求もアーナの肉襞との摩擦で腰の奥から徐々に湧き上がっていく。

　そのうち、アーナの子宮口と俺の亀頭がバードキスを繰り返す間隔が次第に短くなっていく。

「あっ、あっ、あっ、ごしゅ、じ、ん、さ、あああああ！♥」

　アーナが絶頂の快感で大きな嬌声を上げ、その上半身が大きく反る。

　膣内が最も激しく痙攣したところで、俺はアーナの手を思いっきり引き寄せ、自分の腰を突き上げた。激しい快楽と疲労で気絶したアーナは上体を倒して俺の胸に倒れこんでくる。

　俺は優しく倒れてきたアーナを抱きとめた。

　そして、アーナの処女地の奥にある子供部屋に突き立てた俺の肉槍は盛大に欲望を解き放つ。

　アーナの聖宮に注ぎ込むための俺の白濁を全て出し終えるまで、俺はアーナと腰を深く密着させていた。

　俺とアーナは途中からの激しい行為によって、汗だくになっていた。脱水症状の予防対策のため、俺はアイテムボックスからレモン水を取り出し、口移しでアーナにも飲ませる。

「んっ、んっ、んっ……」

　その後、アーナの膣内(なか)から、俺はやわらかくなった分身を抜き、汗で汚れたアーナの身体を拭きあげた。

そのまま寝るのには今使っているベッドは汗を吸い、飛び散った淫液と精液が辺りに広がっているため、とても快眠は期待できない酷い有様だ。

仕方ないので、俺は寝息をたてているアーナの汗を拭って、アーナの体に飛び散っている二人の色々な体液もふき取り、アーナをお姫様抱っこで抱き上げる。そして、もう一つの予備のベッドに移動した俺は優しくアーナをベッドに下ろした。

寝息を立てているアーナの横に横たわり、俺は畳んである羽根布団を広げてアーナにもかけた。ほどなくして心地よい眠りに俺は落ちていった。

第十八話　隠者は念願成就のための下準備を進める

アーナを抱いた翌朝、俺はすっきりとして心地よく目を覚ますことができた。

「んん～、ご主人様ぁ～、このご飯も美味しいですぅ～むにゃむにゃ」

アーナは夢の中で存分に食事を堪能しているらしい。

アーナの抱き心地はシェラとまた違った良さがあった。あのブタ貴族からアーナを助け出したのは正解だったと俺は実感する。

アーナは丁度、俺の腕の中にすっぽり納まる大きさで、抱き枕として最適な大きさだ。

また、アーナの体温は俺よりも少し高いぐらいだから夏場は無理だが、他の季節では快適な睡眠をとれそうだ。

「んん……あ、ご主人様ぁ、おはようございますぅ」

寝ぼけまなこを片手で擦って、アーナが目覚めた。

「おはよう、アーナ。体の調子はどうだ？」

「はいぃ、まだちょっとご主人様のがぁ、お腹の中にあるみたいですがぁ、他は全然大丈夫ですぅ。それにぃ、昨日はとっ〜ても気持ちよかったですぅ」

アーナは見ているこっちも嬉しくなるような元気な笑顔を振りまいてくる。

「そう言えば、リコ様とアーナは親戚だったですよぉ。びっくりですぅ」

「ああ、それはすまん。きちんと前もって言っておくべきだったな。アーナをリコの傍に待機させたのはそれが理由でもあったんだ」

リコの母、アイリーン・フォン・アルタイルは、エルサリス王国の先代国王の愛娘だ。対してアーナの父親は準王族の公爵だった。

つまり、リコとアーナの関係は従姉妹もしくは従々姉妹になる訳である。

……んん？　そう考えるならば、この二人に現王女であるアリシアと公爵令嬢であるリーナを加えると、他にエルサリス王族の令嬢はいないから、俺はエルサリス王族の令嬢をコンプリートすることになる訳か……夢が広がるな。

「アーナ、お父さんのこと、その死の真相、今でも知りたいと思っているか？」

「……ッ！」

俺の不意の言葉にアーナの両目が驚きで見開かれた。

アーナの父親はエルサリス王国の公爵であった。能力が高いだけでなく領民にもとても慕われていた、かなりの人物だったとディーンから買った情報にある。

だが、獣人を妻にしたことに付け入り、公爵領周辺の純人間主義者の貴族たちが連れ立て国王に訴えた。

獣人と結婚してはいけないという国法は王国にはない。しかし、現国王は純人間主義者であった。

その結果、公爵は国から領地をとりあげられてしまう。

そして、アーナの母親は体が弱く、王都に移住した後、しばらくして病死してしまった……ことになっている。

この辺の情報は以前は錯綜していたが、ディーンから買ったこの情報が精度が最も高い。

アーナを拾ったときに、俺は懇意にしている情報屋のディーンにアーナに関することを、家族のことを含めて詳しく調べてもらった。

裏の情報にも精通しているディーンは俺の意図を汲んで、情報を集めてくれた。

ディーンは、アーナの父が領地を奪われた経緯に始まり、アーナの両親の死亡のウラなども調べあげてくれたのだ。

そのおかげで、情報料はかなりいい値段になったが、最終的に俺にとってはそれだけの価値がある情報だった。

「ここに俺が伝手を使って調べた情報がある。ここに書いてある情報はただの情報で、アーナのお父さんは既に亡くなった人だ。それでも見たいか？」

「はいぃ！　お願いしますぅ!!」

アーナが俺の問いに即答したので、俺は取り出したディーンの報告書の写しをアーナに渡した。

「それを読んで、何かアーナがしたいことができたら教えてくれ。善処しよう」

「……はいぃ。ありがとうございますぅ。ご主人様ぁ」

その後、瞳に涙を浮かべるアーナと俺が、身支度を終えると扉がノックされ、メイド服を着た本日の朝食当番のシェラが、食事の支度が整ったことを教えてに来てくれたのだった。

そして、リックおよびリコと交わした約束の日当日になった。

今夜、リックの屋敷でウェストシュバーンの有力者たちを招き、リコの成人を祝うパーティーを開くことになっている。

屋敷の使用人に関してはすぐに、身元を精査された信頼のできる人員が集められて雇い入れられている。

ここ数日、俺とシェラ、アーナの三人は、近日作成するダンジョンの建築場所の選定をしていた。

「やはりここが一番いい場所になるか……」

リックの屋敷の俺の私室の机の上に、俺達はアルタイル辺境伯領の地図を広げている。その地図の一箇所に目印となる石を置いて、俺は唸る。

「はい。ウェストシュバーンに流れる大きな自然魔力の流れ——〝龍脈〟の集束地点の中では一番の所です」

シェラの言葉に俺は頷く。ダンジョンを造る際に、自然の魔力の通り道である龍脈は必ずしも必須ではない。

しかし、龍脈を活用することで、ダンジョンの構築に必要な魔力を抑えることができるため、できることが大幅に増えるのだ。また、龍脈を取り込んで魔力を循環させることで、より効率的な魔力の運用ができる。

いいことばかりだから、龍脈を活用しない手はない。

「ウェストシュバーンからも通常の馬車で一日。ご主人様のゴーレム馬車ならば半日以下ですね。地下水脈も流れていますので、水源にも困りません」

『神眼鏡』を装備した冷静なアーナが情報を追加する。

「……わざわざ条件の悪いところに造る必要はないか。よし、ここにしよう」

結局、俺はおそらくこの世界の〝誰よりも熟知している〟第一候補地に、ダンジョンを作成することに決めた。俺が決めた場所は『ダンジョン・シード』の主人公が大地神ガイアスに頼まれ、至高のダンジョンを造りあげる土地である。

現在時刻は、俺のメニュー画面に表示される時計で一五：〇〇。

俺は、シェラとアーナにリックとリコの辺境伯親子を加えて、ウェストシュバーンにある墓地にやってきた。

ウェストシュバーンには教会が二つある。

一つは王国の国教であるユピタリス聖教のものだ。宝石や金が所々に使われている教会は無駄に大きく、無意味に金がかかっているように見える。そして、教会の入口の左右には番兵の如く、神官戦士が立っている。

もう一つはガイアス教の教会である。こちらはユピタリスの教会とは対照的に質実剛健な建物だ。

ガイアス教にはユピタリス聖教のようなガチガチの戒律はない。ガイアスにまつわる神話をもとにしている、「万物は土から生まれ土に還る」という教義と各種典礼。よくいえば大らか、悪くいえば緩い宗教だ。

二つの教会は同じ教会地区にあるが、川を隔ててお互いかなり離れた位置にある。

崇めている神同士は、一般に知られている神話によれば、夫婦とされている。

しかし、ガイアス教の神話によれば夫婦仲は悪く、別居状態であると疑わしい。

ユピタリス聖教では夫であるユピタリスの説教を聞き、ガイアスは改心して付き従っていることになっている。

このように宗教間での神話も異なっていて、それが宗教間対立の要因になっている。

俺達が来ているのはガイアス教側の墓地である。

花束を持ってきて向かう先はリコの母であり、リックの妻であるアイリーン・フォン・アルタイルの墓だ。

今日の目的はリコの成人報告と墓参り。

献花後、俺は本人に確認をした後に、【死霊魔術】の『反魂召喚』を使った。

死者の魂を呼び出して、術者の魔力を使って、生前の姿に一定時間受肉させるこの魔術の対象はもちろん、アイリーン・フォン・アルタイルだ。

ガイアス教において、【死霊魔術】は禁忌ではない。だからといって、死者を好きに呼び出して、こき使っていいというものでもない。

いくつかの制約はあるが、今日のような祝日に死者を呼び出すことはガイアス教でも許されている。

しかし、『反魂召喚』を使える魔術士は滅多にいない。

また、体の一部がある場所などの条件に加えて、消費する魔力量が膨大というのもある。

「二人とも、彼女は俺が【死霊魔術】の『反魂召喚』で呼び出した本物だ。当然、俺が操ってもいない。今の俺の魔力だと今日の日没までは術の維持ができるから、三人で思う存分話し合うといい。シェラ、アーナ、俺達は行くぞ」

「「かしこまりました」」

リコとリック、そして、アイリーンの三人を残し、俺はシェラとアーナを連れて、その場を離れる。

『カノン様、お心遣い感謝いたします』

俺の去り際に、アイリーンが見る人を惹き付ける花が咲いたような笑みを浮かべて、俺に礼を述べた。

「お母……様？」

『ええ、そうよリコ。大きくなったわね』

再会した親娘の会話の端が俺の耳に届いてきた。

夜の帳が下り、辺りは暗くなっているが、リックの屋敷の中には照明として、松明に火が灯されている。四日前の惨劇の跡を全く感じさせないその中庭で、立食パーティーが開かれている。

リックは貴族服に身を包み、ホストとして来客の対応をしている。

主役のリコは、肩が出ている水色のドレスを着て、リックの部下の娘達、同年代の友人、令嬢達と談笑している。

俺も体裁上、リックの食客なので一応、このパーティーに参加している。

分かるものには分かる、礼装としても問題ない隠者の最強装備の一つの『隠者の紫衣（ハーミットパープル）』を、俺は身に纏って参加している。

残念至極だが、会場を動き回っているメイド達よりも抜きん出ている容姿のシェラとアーナには、厨房を担当するようにリックに手配してもらった。

理由は二人が給仕をするとなると、参加者のアホな貴族共に二人が絡まれかねないからだ。

テーブル上の料理を堪能しつつ、俺はパーティー参加者たちの会話に耳を傾けていた。

その話題の六割が本日の主役であるリコの婚約者について。あとの四割が今後のウェストシュバーンに関することだった。

本来、リコとアルバートの結婚式の日程は問題がなければ、このパーティーで公示される予定だった。

しかし、肝心の許婚であるアルバートの大馬鹿がこの場にいない。また、俺との約束もあり、リコとアルバートの婚約は破棄されることになっている。

故に、情報に疎い連中の興味は、リコが誰を伴侶にするかということに集中している。

頭のおめでたい連中は、どこぞの勇者（笑）の父親の愚行を恥ずかしげもなく再現している。

それとは対照的に情報に聡い幾人かは、既に俺がリコの伴侶となる相手であることを知っている。

彼等はそのアドバンテージを最大限に活かすために絶妙の連携とタイミングで、入れ替わり立ち代りながら、新参者の俺と有意義な情報交換をした。

「私、リック・フォン・アルタイルは、我が娘、リコ・フォン・アルタイルと約定を違えて、この場にいないアルバート・フォン・デアデヴォとの間で交わしていた婚約の破棄をここに宣言する！」

最後にリックによるリコとアルバートの婚約破棄宣言で、リコの誕生日パーティは幕を下ろした。

普通は、婚約破棄の宣言を公式のこの場でしなくてもいいと、婚約に馴染みがない俺には思える。

しかし、面倒なことに、婚約破棄(こういうこと)は公式の場で公言しないと、難癖をつける輩が足を引っ張って、誠実な人間の評判を落とすのだ。

リコの元婚約者であるアルバートが未だに王都にいるのを使い魔で確認して、アルバートがアリシアに手を出さないように監視させている使い魔の一体にその邪魔をさせた。

そして、アリシアが無事に自室に戻ったのを確認した俺はリコの待つ部屋へと向かった。

第十九話　隠者は辺境伯令嬢と一夜を共にする

俺が部屋に着くと、リコは心の準備はもうできていると俺に告げてきた。

「あっ……んっ…ん……」

俺を部屋のベッドの上に招きいれた嬌声の主――リコの着ている夜着ははだけて、背後にいる俺が行う胸への愛撫を享受している。

対して俺は、リコがつけていた白いレースのブラを外し、彼女の豊かな胸の感触を堪能していた。

俺がリコの首筋に顔を当てると、リコからは仄かに石鹸の匂いが漂ってくる。俺との情事を見越して、湯浴みを済ませていたようだ。

「……ッ、……ッ、……ッ、……」

リコは喘ぎ声をあげまいと口を両手で塞いでいる。

俺は最初にリコの下乳へフェザータッチの愛撫を繰り返した。

リコの乳首が勃起したところで、今度は下から救い上げるように手から溢れるリコの乳房を揉み、俺は乳峰の桜色の先端を時折り、指先で挟んで摘んだ。

「あっ……」

リコの肌は触れると吸い付くようなもち肌だ。不思議といつまでも触れていたいという気持ちが湧き起こる。さらに、リコは服の上からは未成熟と思わせながら、実は着痩せしている隠れ巨乳だ。

胸の大きさは目算でアーナ以上、シェラ以下といったところか。

リコの胸の形は綺麗なお椀型で、固くない。掌から溢れるたわわなその果実は握る指に少し力をこめると、心地よい弾力を返してくる揉み応え十分の胸だ。

このままずっと胸を揉み弄っていたくなるほど飽きない美巨乳ではある。

だが、耳に心地いいリコの嬌声が聞こえないので、俺はリコの乳房から右手を離し、攻め手を変えることにした。

「ッ！　そこはダメッ……待って…んんっ…」

リコは俺の狙いに遅れて気付き、口に当てていた両手を慌てて離す。そして、リコは俺の右手を両手で掴んで止めようとした。

しかし、俺が与えた快感で隆起した左胸の先端を俺が摘んだため、リコはその刺激に妨げられ、わずかに俺の右手への抵抗が遅れてしまう。

俺の指先は、リコの恥部を覆うショーツに難なく到達する。それと同時に、肩越しから振り向き、抗議の声をあげようとしたリコの唇を俺は唇で塞いだ。

リコが隠そうとするクロッチに辿り着いた俺の右手の指先が感じとったのは、乾いた布の感触ではなく、液体によって濡れ湿った布の手触りだった。

リコはそこからなんとか俺の手をどけようと腕に力をいれ、離そうとする。さらに、指の動きを封じようと太腿を固く閉じている。

しかし、男女の筋力差もある上に、俺の筋力ステータスは余裕でカンストしている。可哀想だが、リコの努力は功を奏さない。俺は愛液で湿ったショーツの上から、リコの淫裂を優しくなぞる。

「……あッ！」

リコの体がその刺激に反応して震えた。俺の指先を感じ、リコの握っていた手の力が緩んだのを感じつつ、俺は、何度もリコの涎を垂らしだしている縦スジを愛撫する。すると、湿り気がさらに増し、リコの蜜液で俺の指が濡れた。

「うう……そこは…汚いですよぅ…」

リコは顔を赤くし、若干涙目で呟いた。

「俺は別にリコのものだから気にはしないぞ？」

「え？」

リコは心底驚いたという表情でこちらを見た。

「何故そこで驚く？」

「……だって、私は人間じゃありません。淫魔の血を引いてます」

リコは悲しげにか細く、そう言った。

幼馴染だったアルバートとユリア、さらに長く家に仕えていたセバスチャンに自分の体に流れる淫魔の血を理由に裏切られたことで、リコは未だに深く傷ついているようだった。

俺はリコの恥部の愛撫を止め、愛液に濡れた右手を舐める。そして、空いたその右手で俺はリコのチェリーブロンドの頭を撫でる。

「俺は正直、そこまで血に拘るのは理解できないし、するつもりはない。俺に仕えてメイドをしているシェラはダークエルフで、アーナに至っては獣人のネザーランドドワーフラビット族と王国公爵、人間の混血だ」

リコは無言で俺の言葉に聞き入っている。

「それに対して、リコは淫魔の血を引いているとはいえ、何代も前の話であり、父親のリックはその血の特性はなく、ほとんど普通の人族で、母のアイリーンは純人間のエルサリア王家の王女だったのだろう？」

「……はい」

俺に頭を撫でられながらリコは言葉少なく、頷く。

「だったら、リコが問題視しているリコの体に流れる血の大部分が、人族だ。リコの父親であるリックを見れば、普通の人間と変わらないのではないか？」

「……（コクッ）」

俺の問いかけにリコは無言で頷いた。

ディーンから買った情報で王国の歴史はおよそ二千年。さらに、ディーンはご丁寧にアルタイル辺境伯家の家系図まで添えてくれていた。

細かいことに気がつくいい性格をしている。

それに記されていたのはリコの家系に魔族、淫魔の血だけでなく、人族以外の血が入ったのは初代アルタイル辺境伯のみ。他は全て子孫の婚姻相手は人族だった。

その内訳も近隣の人族の貴族や時折り、王家の人間が降嫁し、アルタイル家に嫁いで来ていたのである。

淫魔が祖ということで誤解されている理由の一つに、アルタイル辺境伯家は美男美女が多いことが挙げられていた。もちろん、数人の例外がいた記録もある。

他所の貴族の血筋にも美形が多い家系もあるから、美男美女が多いことを淫魔の血を理由にするのは、普通に考えればおかしい。

明らかに、アルタイル家を敵視している勢力の陰謀だ。

加えて言うなら、アルタイル辺境伯家は三代目以降、淫魔が必要とする『吸精』を必要としない人間と同じ体質になっている。しかも、【性魔術】の継承がされていないのだ。

「俺は血筋とかよりも、その人の人となりの方が大事だと思っている。誠実に約束を守ってくれる亜人もいれば、約束をすぐに反故にする人間もいる。

俺にとっては、目の前にいる見目麗しく頑張り屋で可愛い女の子との睦言に比べれば、血筋の話は些細なことだ」

リコは初級魔術を全く使えないことを気にしている。

俺に師事し始めてからも、彼女はなんとか魔術が使えるようにと勤勉に、俺が教えたことを忘れないように何度も反復学習している。

それに加えて、リコは自分が回復魔術が使えないからと、薬草や治療薬を独学で勉強している。リコが身につけた知識は一流の治癒師(ヒーラー)のものに劣らない。

俺はリコに本心を告げて、体をリコの背面から正面に移し、リコをベッドの上に押し倒した。そして、そのまま、俺はリコの無防備な股間に顔を寄せる。

「え？　ええ？？」

一転して、ベッドの上に押し倒され、目を白黒させているリコに構わず、俺はリコのショーツをやや強引に脱がした。

リコが反応して抵抗される前に、俺は両手でリコの恥丘にある肉貝を開いて、先ほどまでの愛撫で大きくなってきているリコの肉芽に吸い付いた。

「あっ！……ん、ダメっ、そこは汚いから、ダメ、です、んん〜〜」

リコは快感に体をのけ反らせながら両手を使い、俺の頭を股間からなんとか引き剥がそうとする。

しかし、俺が与える刺激で腕に力が入らないのか、リコの抵抗は難航している。俺はリコの悪戦苦闘を尻目にリコへのク〇ニを緩急をつけて続ける。

膨れて自己主張しているリコの秘豆を俺は舌先で、覆っている肉さやから剥き、小突いては時折り唇で挟んで軽く甘噛み、さらに舌で円を描くように転がす。

「んんッ！　ダメ、でちゃいますううううッ!!♥」

絶叫をあげるとともに、リコが激しく体を震わせて、絶頂を迎えたのがわかる。さらに、リコは盛大に潮を噴出した。

俺はその噴出口を口で塞ぎ、リコから噴出したその歓喜の証を残さず嚥下する。

（んん？……甘い？）

本能的にリコの愛液をもっと啜りたくなる欲求を抑えて、俺はリコのステータスを注視した。

俺はシェラとアーナの潮も味わったことがある。いずれも無味であった。

それに対して、リコのは甘みがあった。この差が俺の警戒心を強めた。

リコのステータスに〈発情〉が明示されている。だが、通常、〈発情〉は一度絶頂すると解除される。

今回、リコに対しては媚薬の類は全く使用していない。

となれば、考えられるのは通常でない状態であると考えるべきである。

「……旦那様……」

リコは虚ろな蕩けた瞳で俺のことをそう呼び、俺の首の後ろに両手を添えて、俺の頭を強引に引き寄せ、唇を重ねてきた。その身に纏う雰囲気が、先ほどとはまるで別人に変わっている。

俺は即座に【性魔術】を使って、自分の感じる快感を抑制して制御した。

リコは初心な先ほどとはうって変わって、妖艶に微笑みながら、俺の口内に舌を差込んできて、自分の舌を俺の舌に積極的に絡めてきた。

このままでは別人のようになったリコに防戦一方だ。

俺はイニシアチブを取り戻すべく、空いた右手をリコの蜜壷へ向け、左手を右胸を愛撫するため動かした。

「ッ!♥……あん、そこは……」

俺は右手の人差し指を軽く膣孔に入れた。ディープキスに専念していたリコはその刺激に驚いて、口を離して嬌声をあげる。俺とリコの口の間には舌を伝って光る束の橋ができた。

俺はリコの膣内が潤い、準備が整ったのを確認したところで、指先についたリコの恥蜜を欲棒に塗りつける。

「リコ……挿れるぞ」

俺の問いかけに少し逡巡したあと、蕩けた瞳のままリコが頷いたのを確認して、正常位でリコの膣口に狙いをつけていた俺は、剛直を一気にリコの秘奥へ向けて、突き入れた。

「ぐぅ……ア…バ……んむ」

身を裂く衝撃にリコが両目を見開いて目端に涙を浮かべ、呟こうとしたが、俺はその口を自分の口で塞いで言葉にさせない。何を言おうとしたのか理解したので、あとでリコにお仕置きすると、俺は心に固く決めた。

わずかな抵抗を突き破ったのも束の間、俺の先端が奥へ奥へと吸い込まれていく。そんな感覚を俺は感じた。

しばらくして、リコの処女膣内を突き進む俺の亀頭がリコの子宮口にたどり着き、そのファーストキスを奪った。

リコの子宮口は初めての到達者に歓喜に震えながら、俺の亀頭を咥えこんだ。

俺はリコの痛みが治まるのを待って身動きを止めた。そして、リコの背に手を回して、リコを優しく抱きしめることにした。しばしの間、俺の腕の中にいるリコの心音を俺は感じていた。

「……そろそろ動くぞ」

「あッ、あ、ぁあああ!!」

俺は、痛みが引いたリコに余裕ができたのを見計らい、リコの膣内を行き来する。

リコの膣内は、シェラやアーナとはまた違った名器だった。

肉棒が突き進むときは吸い込むように俺の分身を呑み込み、リコの子宮口はまるで歓迎するかのように下りてきている。

俺が肉槍を引き抜こうとすると、愛液で潤った肉襞が別れを惜しむように絡みついてくる。

【性魔術】で快感を抑制しているとはいえ、完全に感じない訳ではないので、俺はリコの感じるポイントを探りつつ、体位を正常位から、リコの左足を両手でしっかりと抱えこむ、側位に変更する。

正常位とは異なる揺れを見せるリコの豊かな左胸、違った感触のする膣内を楽しみながら、俺はリコの女陰に腰を打ち付ける。

リコもされるがままではない。しばらくすると俺の動きに応えるように、処女だったとは思えない腰を使ってきた。

その様子に俺には一つの懸念が頭を過ぎる。しかし、確証のないことなので、俺はそのことを一旦、頭の片隅に置き、リコを絶頂させるべく、腰を動かす。

「あ、…そこ、そこぉ、あ、あ、あああああああ！！！♥」

リコは軽い二度目の絶頂を迎えたようだ。

「あん、あふっ、あっあああん……！♥♥」

リコの一番感じるところが子宮口であることを、俺は見抜いた。

しかし、リコの子宮口は、到達した俺の亀頭を咀嚼するように咥えこんできて、射精を強請るように促してくる。

下手をすると、先に俺がイってしまいかねない甘美な刺激だ。そして、【性魔術】によるリコとの精神戦がいつのまにか始まっていた。

この精神戦に敗北してしまうことは、俺がこのリコに絶対服従をすることになるので、危険極まりない。

「あっ、強い、あっあああああん♥　ぁあああああ！　大きいのが♥、きちゃうううう！♥♥」

しかも、このままではジリ貧で、俺が最終的に追い詰められるのが明白だった。

だから、俺は一気に勝負をかけることにした。

抱えていたリコの足を下ろし、肉槍を咥え込むリコの蜜孔に突き入れたまま、俺は体位を側位から後背位へと変更する。

俺は後ろからリコに覆いかぶさるようにして、両手でリコの豊胸を揉みながら、肉棒の先端をリコの子宮口に密着させたまま激しく腰を動かして、妖艶に変貌したリコを攻める。

「あふぅっ、あ、あ、ああ、あああああああああああああああああん!!♥♥」

リコがこれまでで一番大きな絶頂を迎える予兆を感じた俺は陰茎を一度入口まで抜く。

そして、トドメの一撃として、渾身の力をこめ、俺は愛液で潤い溢れているリコの膣道の肉襞をかき分けさせて、滾るペニスをリコの処女子宮に突き入れた。

今までで一番強い子宮口への刺激でリコは激しく絶頂し、リコの子宮は俺の子を孕むため、逃がさないとばかりに強く、俺の分身を膣肉が締め付けてくる。

そして、俺はリコの絶頂に合わせて鈴口からリコの下腹部にある子供部屋にマーキングすべく、種付けをするための白い欲望を溢れ出るほど注ぎ込んだ。

「またッ、また、いちゃう♥、ああ…あああ♥…あああああん、あついぃ!!♥♥♥」

子宮が俺の射精を受け止める感触を受け、リコはさらなる絶頂に喘いだ。

俺はリコに体重を預け、リコと繋がったまま、ベッドの上に倒れこんだ。両腕でリコの豊胸を押し潰しながら、俺は快感に震えるリコを強く抱きしめる。

【性魔術】によるリコとの精神戦に俺は辛うじて勝利した。

精神戦で俺に敗北したリコのステータスには、深層意識まで俺に絶対の服従した証である【絶対支配（カノン）】が表示された。

俺が死ぬか、または俺がリコを解放するか、もしくはリコが死ぬ以外に、リコが俺の【絶対支配】から逃れる術は現状ない。

俺の分身は十分な硬度を保ちつつ、リコの女陰を貫いている。

【絶対支配】の状態表示は俺の意思で非表示にもできる。俺はリコのステータスから【絶対支配】を隠した。

いつまでもリコに俺の体重をかけ続けるのはリコが可哀想なので、俺は肉竿がリコから抜けないように注意しつつ、体位を変えることにした。

俺がベッドに寝そべり、体を起こしたリコを貫く、背面騎乗位にした。リコの自らの重さで俺とリコの結合は深まり、俺の肉槍の穂先はリコの聖域の門に挟まる。

「……ん♥……んん♥……♥」

リコは未だに気絶しているが、体のほうは俺の分身を咥え込み、甘美な刺激を俺に与えてくる。

徐々に再び腰奥から快感の波がやってくるのを感じた。俺は腰を突き上げて、またリコを攻めることにした。気を失っているリコ自身の反応は鈍い。しかし、体の反応は覿面だった。リコの膣は俺の分身を強く締め付けてきた。

俺はトドメの一突きを、リコの快楽を求めて蠢く子宮口に加える。そして、再びリコの子宮の中へと、俺は子種を盛大に解き放った。

第二〇話　隠者は女神と再会する

俺は以前に感じたわずかな浮遊感を感じた。俺の着地音が辺りに響くと、着地した地面から一斉に草が生い茂り、一瞬で草の絨毯が広がった。

俺は自分の身なりを確認したが、なぜかここではまたバスローブ姿だ。下には何も着ていない。

「くすくす……先ほどはお楽しみでしたね」

笑い声の主、女神ガイアスが忽然と姿を現した。

ガイアスは前回着ていた白いワンピースではなく、胸を強調している意匠のミニスカートタイプのメイド服を着て、オーバーニーソックスを履いていた。

「なんでその服を着ているんだ？」

再会したら真っ先に聞こうと思った前回の疑問事項よりも、目の前の大きな疑問に思わず俺は問いかけてしまった。

「この格好ですか？　貴方が気に入るかと思って。好きでしょう、こういうの？」

「是非もなし!!……はっ！」

　ガイアスの問いかけに俺は即答していた。

　ガイアスが着ているメイド服は、俺がシェラとアーナに着せているスタンダードなメイド服ではない。いわゆるメイド喫茶の若い女性店員が、店に来る男性客に媚びるために着るようなタイプのものだ。これはこれで悪くはない。

　服のカラーはシックな白と黒を基調としているのだが、ガイアスの豊かな胸とその谷間を強調するような胸元のデザイン。

　それに加えて、下半身は見事な四：一：二・五の絶対領域の黄金比を体現している。ガイアスの白いオーバーニーソックスに覆われた美脚にも俺は思わず視線がいってしまった。

「コホンッ、俺の性癖の話に関してここで議論するつもりはない。前回の最後に聞きそびれた質問がある。もちろん、答えてくれるよな？」

「ええ、伺いましょう」

　妖艶な笑みを消し、ガイアスは真面目な表情で返答してきた。

「精神戦の模擬戦を行い、俺が勝利して勝負が決した後、『ガイアスから神核を〝奪う〟か？』という選択肢が出た。あれはどういうことだ？　神核とはどういったものなんだ？」

「順を追って説明します。まず、『神核』ですが、その名のとおり、この世界における神の核。人族でいう心臓に相当する部位ではありますが、神の力の塊と存在そのものといえる〝結晶体〟です。所有者である神の力の大きさによってその結晶体の大きさは増減します」

「つまり、神核を奪われた神はどうなる？」

不穏な予感を抑えきれないが、俺は問いかけを重ねる。

「この世界から存在が〝消滅〟します。誤解がないように言っておきますが、消滅した神は、この世界に存在の痕跡すら残りません」

「それはどういうことだ？」

「信仰してくれていた信者たちの記憶や、この世界のありとあらゆる記録から消え去るという意味です。基本的に神は多次元に同一存在していますから、この世界から消滅しても、数多の平行世界で……」

「その平行世界の存在をこの世界にいる俺たちが認識できるできない以前に、ガイアスの存在そのものをこの世界ではなかったことにされるではないか？」

「あ、あははは……」

俺の被せ気味の憮然とした返答に、ガイアスは乾いた笑みを返してきた。

「質問を追加する。神核を手に入れたら、俺も神になることができるのか？」

「いいえ、神核を手に入れるだけでは神になることはできません。神核には神の強大な力が宿っています。神核を上手く使えば、その力を引き出すことはできるかもしれません。ですが、神になるためには多くの条件を満たす必要があります」

なるほど、神核を奪うだけでは神にはなれないのか。神の力を引き出すことができればいろいろなことに応用できそうではある。機会があれば試してみるか。

「神核についてはわかった。次の質問だが、なぜガイアスに【絶対支配《アブソリュートドミネイト》（カノン）】がついているんだ？」

目の前の女神のステータスを確認して見つけた異常について、俺は本人に問いただした。

「やっぱりバレましたか……前回のチュートリアルで行った【性魔術】の精神戦は実は模擬戦ではなかったということです。そもそも、【性魔術】の精神戦に模擬戦はありません……うう、【絶対支配】の強制力ってすごいですね」

【絶対支配】の強制力で質問に答えさせられたガイアスは再び苦笑いをした。

「前回の【性魔術】の精神戦で俺が負けていたら、ガイアスに【絶対支配】されていたわけか。俺をユピタリス聖教とでも戦わせるつもりだったのか？」

辛うじて勝てたからよかったものの、負けていたら堪ったものではない。俺はガイアスを睨みつけて聞いた。

「いえいえ、お願いを一つ聞いてもらえたらよかったので、終わったら、すぐに解放するつもりでしたよ！」

慌てて首を横に振るガイアス。その必死の様子から本当にそれ以外の他意がなかったことが窺える。

「ではそのお願いとはなんだ？」

「……『魔力譲渡』で魔力を分けてもらうつもりでした。大地の女神という大仰な肩書きがありますけれど、神殿を壊されてしまった今の私に、かつて得ていた信仰による力は全くありません。

ウェストシュバーンにある教会とイスタリア連邦王国にいる信者のおかげで、今の私は辛うじて存在を維持できている状態です」

はて？　信者がイスタリア連邦にもいるのならば、辛うじて存在を維持できるという状態ではないはずだが。俺の表情から疑問を読み取ったガイアスは言葉を続ける。

「未だに続いているエルサリス王国とイスタリア連邦王国間の戦争で連邦側に大多数の負傷者がいます。連邦の教会で行われている負傷者達の治療のために、私は信者から集めた魔力を供出しているのです。

次に大きな戦闘が両国間で発生して、今回と同数以上の負傷者が出れば……今の私の魔力量では賄いきれないでしょう」

「連邦の負傷者たちを〝救わない〟という選択肢はないのか？　存在維持に関わるのなら、俺が【絶対支配】でやめさせるが」

「私の助けを心の底から求めている信者の手を払うことは、私にはできません。たとえ、私の存在維持に関わるとしても、彼等が手遅れになったとしても、私は彼等を見捨てることはできません。

それに、【絶対支配】にも少ないですが例外はあります。仮に、貴方が【絶対支配】で私をとめようと命令してきてもこの世界の摂理、神の権能には介入することができません」

「……そうか」

俺はガイアスの揺るがない決意の瞳を見て、内心である程度考えていたことを実行に移すことに決めた。

「話を変えよう。俺が隠者のスキル【ダンジョンクリエイト】を使用した際、『ダンジョン・シード』で使っていたテンプレートは利用できるのか？」

【ダンジョンクリエイト】はお試しで使えるようなスキルではないので、俺はガイアスに確認することにしていた。

「はい。貴方が造ったダンジョンのテンプレートは専用領域に確保しています。ダンジョン作成に関してはゲームと同じように作成することが可能です。ダンジョン作成には『ダンジョンポイント』が必要になりますのでご注意ください」

　予想どおりの返答に俺は安堵した。

　テンプレートが使えないとなると、かなりの手間と時間がかかる。それに、会心の出来のテンプレートを失って、また一から新たに作り直さないといけないという精神的なダメージは計り知れず、気が重くなるところだった。

『ダンジョンポイント』に関してはデータ引継ぎのおかげで、俺が確認できる表示では、所持金と同様にカンストしているから全くもって問題ない。

「わかった。今回、拡張されるのはどんな機能なんだ？」

「はい。今回追加される機能は【転移門（ポータル）】と【称号システム】です」

「一つではなく、二つ？」

「ええ、【女神】である私と、【淫魔】の先祖返りであるリコを【支配（ドミネイト）】したから、今回の追加は二つになります」

「……もしかして、拡張される条件は珍しい種族を【支配】することなのか？」

「それもありますが、他にも条件があります。申し訳ありませんが、禁則事項にあたるので、私は条件を答えることはできません」

　ならしかたないか。俺が納得した表情になったので、ガイアスは説明を続ける。

「【転移門】は作成したダンジョンのマスタールームから転移門を設置した地点へ、距離を無視して移動できる機能です。

設置した転移門は破壊不可能の上、能力保持者とその配下以外には視認することができません。そのため、壊される心配はありません。ですが、大気中に魔力がなかったり、魔力を確保できない環境では機能しないので注意してください」

「転移門の設置は俺でないとできないのか？」

「ダンジョンのレベル上昇に伴って、設置権限の付与は可能になりますが、現状では、設置も撤去も貴方ご自身ですることになります。また、【転移門】を利用できるのは、この後に説明する【称号システム】で、【配下（カノン）】が付いている者だけです。利用条件など細かい設定も可能です」

今は俺が直接設置するという縛りがあるが、一度行ったことのある場所に自由に行けるというのは便利だ。

だが、

「転移門の撤去はマスタールームからも可能か？　それから〝転移門〟の設置限度数はあるのか？」

「撤去に関してはマスタールームからも可能です。転移門の限度数はありません。しかし、転移門を設置後に一定範囲内に新たに追加することはできません。これは転移門の使用する魔力に関係があります」

なるほど、大気中や龍脈の魔力を使う関係でお互いに干渉してしまうから使えないのか。

「【称号システム】はこれまでステータスに表示されていなかった【称号】が表示されるようになります。

【称号】の中には先天的なものもありますが、大半は後天的に付与されるものです。個々に設定されている【称号】のメリット及びデメリット効果があります。実際に見た方がわかると思うので、先に拡張作業を終わらせましょうか」

ガイアスがそう言った瞬間、俺は全裸にされて、いつの間にか現れたベッドに仰向けにさせられていた。

「おい、拡張作業って、もしかして……」

「はい、お察しのとおり【性魔術】で行いますよ」

ガイアスはにこやかに答え、俺の肉棒に舌を這わせる。鈴口やカリ首のくびれた部分など俺の弱点を的確に唾液をこぼす舌で刺激した。

「今回はこちらも使ってください」

そう言って、ガイアスはミニスカメイド服の胸元をはだけてブラを外した。ガイアスの豊かな双乳が解き放たれ、俺の分身はその谷間に囚われた。

「くはぁ……」

膣内とは違う密着してくる快感に思わず声があがってしまった。ガイアスの爆乳に挟まれながら、完全に戦闘態勢になった俺の肉槍は、穂先をガイアスの目の前に突きつけた。

「あら、お顔を出してますね。チュっ」

ガイアスは俺の先端を愛おしげに口付けて、赤い舌を伸ばし愛撫をする。それと唾液を俺のペニスに濡らして滑りをよくすると同時に、立派な乳峰を自分の両手で押さえながら、上下に動かしてきた。

「ん、……ん、……ん、……♥」

さらに、ガイアスは俺の欲望の先っぽを口に含み、パイ○リフェ○をする。ぴちゃぴちゃと音を立てて、舌を這わせていたのとはうって変わって、ガイアスは頭を前後させて、俺の肉槍にピストン運動を強いる。

「ん、……いつれも、……らして、……いいれすよ」

【性魔術】を使っているとはいえ、これは精神戦ではないので、俺は【性魔術】で自分の快感を抑制せずに享受している。次第に、腰奥から湧き起こる、抗い難い快感を俺は感じた。

「ガイアス出すぞ！」

「　！　」

俺の言葉に反射的にガイアスは俺の魔羅を口内に導いた。

その直後、俺は溢れ出る欲情をガイアスの口の中に放った。

コクコクと喉を鳴らしながら、ガイアスが俺の白い劣情を全部飲み干していくのがわかる。

ガイアスの口内に精を放った直後、俺の視界は白い光に包まれた。

俺の脳内に大量の情報が流れ込んできて、頭の中がぐちゃぐちゃになった。

そして、気がつくと俺の目の前には、妖艶に微笑む胸をはだけたメイド服を着た女神がいた。

「上手くいったみたいですね。では、ご自身のステータスを御覧ください」

俺はガイアスの指示に従って、メニューコマンドから、自分のステータスを確認した。新たに【称号】という箇所が加わっていた。

【称号】：【異世界転生者】【大地の女神の寵愛者】【聖騎士殺戮者（パラディンスレイヤー）】……

「なんか沢山あるんだが……」
「とりあえず、効果が分かり易い【聖騎士殺戮者】を見てみてください」
「ああ……」

【聖騎士殺戮者】
解説：敵対した数多の聖騎士の屍の山をいくつも築いてきた者に与えられる殺戮者の称号。戦闘時、敵が聖騎士で、敵味方に称号保持者が名前を認識されると、認識者に対して、以下の特殊効果が発生する。
メリット：敵の物理防御力に－二〇％、敵の階級に応じて、戦意が増減する。味方に物理攻撃力＋二五％と物理防御力＋一五％、戦意が一〇％上昇する。
デメリット：戦闘時敵の物理攻撃力に＋一〇％の補正が追加される。敵の聖騎士が所属する集団及び宗教団体に狙われるようになる。名前を知られると、敵対している集団の影響下の施設の利用はできない。

〝数多の〟って、あるけれども、これは多分『ダンジョン・シード』でぶち殺した数がカウントされているな。

『ダンジョン・シード』の中盤に、ダンジョンに攻め込んできて、ゴキブリ並みに湧く厄介なユピタリス聖教の聖騎士の大集団を何度も、魔術と罠で爽快に虐殺しまくってたからなぁ……。

それにしても称号の数が多い。あとで整理するか。それよりも今は、

「拡張機能の説明は以上か？」

「はい」

「だったら『魔力譲渡』をするから、まずはスカートをたくしあげろ」

「え？」

ガイアスは俺の言葉に目を白黒させる。しかし、【絶対支配】の効果によって、ガイアスの体は俺の命令に忠実に従い、クロッチを湿らせた白いショーツを俺の目の前に露出させた。

俺はショーツを下ろして、肉唇を開き、ガイアスの蜜壷に触れる。

潤いが十分であるかを確認したが、少し物足りなさを感じた。

俺は肉鞘に隠されたガイアスの宝珠を舌先で転がす。

二、三周肉豆で円を描いたあとに、俺はその淫豆に吸い付いた。

「あん♥……あ♥　あ♥　あ♥　ああああ♥」

腰を震わせて快感と譲渡されてくる魔力に打ち震え、胸を揺らすガイアス。女神のその痴態と嬌声で、俺のペニスが硬さを取り戻していく。

「ガイアス、欲しければ自分で挿れてくれ。あとの判断は任せる」

俺はベッドに仰向けになり、ガイアスの好きにさせることにした。

既に【性魔術】での『魔力譲渡』は、先ほどのク○ニで一人分の魔導士の魔力量をガイアスに譲渡している。これから先の交合の是非の判断は、ガイアスに委ねることにした。

「はい……♥」

そう答えたガイアスは足先からショーツを脱ぎ、俺の腰を跨ぐ形で、硬くなった俺の肉槍を掴み、自分の秘所に導いた。

「あっ、くるのぅ、……ふとぉいいっ……♥」

一気に腰を落としたガイアスと俺は騎乗位でつながった。

俺の分身は十分に潤った肉襞の中を突き進み、ほどなくして、行き止まりに突き当たった。

「んっ……んっ……んっ」

ガイアスは腰を持ち上げては下ろし、俺の剛直を扱く。ガイアスが腰を下ろしたタイミングに合わせて、俺は突き上げる。

「あああああんっ……♥♥」

程よい締め付けの中、俺は再び射精感が込みあがってくる。

その中で俺はガイアスの泣きどころを攻めるように角度を変えて彼女の膣内を擦る。

「あっ、あっ、あっ、大きいの♥　きちゃう♥　あっ♥　あっ♥」

ガイアスが、絶頂が近いことを告げてきたので、ラストスパートをかけるべく、俺は上体を起こし、ガイアスに密着。この状態から彼女の子宮口を激しく、突き上げた。

「あっ、あっ、あっ、あっ、あっ、いっ、くぅううう！♥」

ガイアスの最後の嬌声に合わせ、肉棒の先端を子宮口をこじ開けるように突き入れて、彼女の聖域を俺の白に染めた。

俺が次第に薄れていく意識の中で目にしたのは、目端に涙を浮かべている、ガイアスの笑顔だった。

第二一話　隠者は念願のダンジョンを造りだす

ガイアスとの二度目の逢瀬の後、俺はリコの部屋で目を覚ました。

窓から朝日が入ってきているので、時刻は朝だ。

右腕に違和感があり、そちらに視線を移すとチェリーブロンドの頭が視界に入った。リコが俺の右腕を腕枕にして寝ていた。

ガイアスとの逢瀬の際も覚醒していたのだが、不思議なことに不眠の疲労が全くない。

ガイアスの力の一つであることを理解した。

しかし、その力を今後も、俺の能力拡張の度に使わせることがガイアス自身に大きな負担が掛かっているのを俺は確信している。

少し予定を変更することになるが、それがガイアス、ひいては俺自身のためになると考え、俺は計画の修正をすることにした。そして、それを考える傍らで俺は、先ほど得た【称号システム】が正常に機能しているか、リコのステータスを見ることで確認する。

名前：リコ・フォン・アルタイル
種族：人間：淫魔（先祖返り）
職業：治癒師
称号：【希少なる存在（先祖返り）】【悲運を乗り越えし者】【エルサリス王家の血族】【二重人格者】
状態：【絶対支配（カノン）】

興味深い【希少なる存在（先祖返り）】と【悲運を乗り越えし者】の称号はいいとして、【二重人格者】か。

エッチの途中で性格が変わったのはこの二重人格の所為なのか？

と頭に疑問が湧くが、状態が〈睡眠〉でないということはリコは起きているな。

「……それでいつまで狸寝入りしているつもりなんだ、リコ？」

「あら、ばれてましたか。おはようございます」

俺が問いかけると、リコは悪戯がばれた子供のような無垢な笑顔を向けて朝の挨拶をしてきた。

「おはよう。もう一人の方はまだ寝ているのか？」

俺の問いかけに、リコは鳩が豆鉄砲をくらったみたいな表情を見せたあと、俺に警戒した眼差しを向けてきた。

「ああ、別に性格が淫魔寄りだからといって、攻撃する気は俺にはない。もう一人も寝ているなら、改めて説明する必要があるから、その確認だ」

「……そうですか。それで、貴方は私達をどうするつもりですか？」

ふむ、どうやら切り替わったようだな。まぁ、いいか。

「リコがどうしたいかによる」

「え？」

俺の返答にリコは目を瞬かせた。

「アルバートのアホに復讐するのか、このままここに引き篭もるのか、俺たちと一緒に外の世界に行くのか。好きなのを選ぶといい。ただし、俺はリコを手放す気はないから、そのこともきちんと考えて、決めてくれ」

「……アルバートとはもう終わったことです。今思えば、アルバートとの関係を断てて良かったとすら思っています…あっ♥　んん……♥」

こちらを見て、頬を赤らめながら、そう言うリコが俺を慕ってくれていることが分かった。

リコの背中に片腕を回して抱きしめて、俺はリコの唇に自分の唇を軽く重ねる。舌を少し絡めてから、口を離すと、リコは顔を真っ赤にしていた。

「それじゃあ、あとの二択になるわけだが、どうする？」

俺の問いかけに、リコは顔色をなんとか元に戻して、思案顔になる。しばらくして、

「お父様に相談してみますが、できるのならば外の世界に行ってみたいです。生まれてから、一度も私はウエストシュバーンから出たことがありませんから」

リコはそう答えた。

「話は変わるが、もう一人のリコに関して俺は、二人のリコが危険に曝されない限り干渉する気はない。お互いを認め合って独立した人格を保ってもいいし、安定した統合が必要なら手助けもするつもりだ。どちらもリコだから、俺はどちらのリコも否定する気はないのを覚えておいてほしい」

「「ありがとうございます」」

俺の言葉にまぶしい笑顔で返してきたリコの口から感謝の言葉が紡がれるが、一つの口から二人の言葉が聞こえて、今度は俺が驚かされた。

そして、身支度を整えようとしたところで、ドアがノックされた。

「いやはや、なんと言えば良いのやら……」

声の主であるリックは呆れ果てていた。その視線の先にあるのは三つの氷像――凍り漬けにされて身動きを止められた仮死状態の三人の若者だった。

「昨夜、屋敷の塀を乗り越えて侵入してきたので、身元確認を行いましたところ襲い掛かってきたので、撃退し、捕縛しました」

淡々と告げる捕縛者のシェラは、冷めた目で汚物を見るように三つの像を見ていた。

シェラには『氷の魔槍ニヴルヘイム』だけではなく、俺が持っている属性槍の最高峰全てを、いつでも使えるように渡している。しかし、今回は『氷の魔槍ニヴルヘイム』以外をシェラは使っていない。

三人の侵入者たちは、蛮族たちのように氷像にされた後で粉々に粉砕されても、おかしくないのだが、シェラはスキル【手加減】で殺さなかった。

「とりあえず、この三人はこのまま警備兵に突き出し、詰め所の牢屋に入れます。その後、辺境伯の屋敷に侵入した罪で、各家の後継者から外させるのが妥当な罰ですね」

リックはこめかみに指を当てながら、頭痛を堪えて、そう結論づけた。

この三人組は、ウエストシュバーンでリックの下で働いている譜代の家臣達の息子であった。

リックの話では、アルバートがリコの婚約者から外れるのが濃厚になった際に、この三人それぞれから、〝我こそは〟とリコの婚約者への立候補があったそうだ。

けれども、彼等に思うところがあったリックは、丁重に三人の申し入れを断った。

しかし、三人はリックの返事を不服として納得しなかった。お互いを牽制しあいながら、早い者勝ちでリコと既成事実を作ろうと、屋敷に忍び込んだということが、この後の事情聴取で明らかになる。

「無礼講のお酒を飲んだ勢いがあったのかもしれません。しかし、蛮族たちの襲撃があったあとで、警備が厳重になるのは分かりきったことなのに、あろうことかリコ様の寝室に忍び込もうとするとは、バカで命知らずで、無様ですね」

『神眼鏡』をかけたアーナが、リコに夜這いをかけようとしてきた三人を酷評する。

昨日は、リコの部屋には俺もいたから、シェラをなんとか撒いて運良く部屋に辿り着いたとしても、俺が問答無用で奴等を生き地獄に送っていた。……結果的に美人のシェラに捕縛された現状が奴等にとって幸せだったな。

さて、狼藉者共を警備兵に引き渡したあと俺はリックに、リコを連れて五日ほど外泊込みで外出したいと相談したところ、問題なく許可が下りた。リック曰く、

「昨日、主に会わせていただいた妻に、リコには外の世界を見せてあげてほしいと頼まれていますから、丁度いいです。

主とシェラさん、アーナさんが同行されるならば心強いので、当家の護衛は不要ですね。私は政務のため同行できないことが全くもって残念ですが、娘のことをよろしくお願いします」

と逆にリックに頭を下げられて頼まれてしまったのだった。

今回の外出の目的は念願のダンジョンをアルタイル辺境伯領内に作成することだ。この件に関しても、既にリックからは土地の譲渡を得て、さらに正式な蝋印付きの書類も作ってもらっている。

目的地はアルタイル辺境伯領と――聖剣の守護者で、王都でパーティーを組んだ姫騎士リーナの一族が治める――ゼファー公爵領の領境に近く、周辺の龍脈が集中している場所。ゲーム『ダンジョン・シード』でメイン拠点となる場所だ。

そこまでの距離はウエストシュバーンからゴーレム馬車で片道二日。

ダンジョン作成に三日費やして、帰りは【転移門（ポータル）】でゴーレム馬車ごとリックの屋敷に帰還する予定だ。

今回の外出時のリコの服装は、屋敷で見慣れたドレス姿ではない。

リコは、長く綺麗なチェリーブロンドの髪を三つ編みにして黒いリボンで結んだ。さらに頭の左右には、三つ編みを結ったものと同じ黒リボンを着けている。

身に纏う防具は、軽装鎧とその上にマントを装備。いかにも騎士といった装いであるが、リコは剣術系のスキルを持っていない。

ドレス姿ではないこのリコの姿を見た俺は「前世で読んでいた聖杯を巡る戦いをテーマにした人気小説に登場した、ピンク髪の男の娘キャラに似ているな」と、世界で俺にしかわからない、毒にも薬にもならない感想が頭を過ぎった。

それはさておき、目的地へと向かう途中、俺は野営に丁度いい広さの場所を見つけ、アイテムボックスから五人パーティー用の『コテージ』を出した。

このコテージは、リックの屋敷で使ったものとは全く別の、野営用のアイテムだ。周囲は森に囲まれている。

「はあ、はあ、頑張り……ましたけど。はぁ、はぁ、ごめんなさいぃ、もう、体力がもちません」

「とりあえず、これで水分補給をして、このタオルで汗を拭いておけ……着替えはもうすぐしたらアーナが戻ってくるから」

「はい、ありがとうっ、ございますっ……」

息も絶え絶えなリコが俺の渡した『グレープフルーツ水』で水分を補給し、タオルで滝のように流れる汗を拭いて一息ついたところで、俺はリコをお姫様抱っこでコテージの一室へ運び、ベッドの上に降ろした。

採取と鍛錬を兼ねたシェラとアーナの狩りに、リコは同行していたのだが、体力差から早々にダウンしてしまったのである。

メニュー画面のマップで、シェラ達三人の居場所を俺は把握しているので、ダウンしたリコを俺が回収した。

存命中に、〝アルタイルの聖女〟とも呼ばれていた王女のアイリーンと、一流の騎士であるリックの娘だけあって、実はリコの才能と素質は十分ある。

しかし、インドアの知識のみの勉強と籠の中の小鳥状態だったため、体力面の育成と武器を使った訓練が、全くされていなかった。

リコは、今後のことも考えて、体力を作る必要があった。

俺は、王都からウェストシュバーンに到着するまでの間に、アーナにやらせていたパワーレベリングと訓練をリコにもやらせることにした。

野営の準備を終えた俺は、ダウンしたリコとリコの介抱のため付き添うアーナと入れ替わり、シェラとともに採取と狩りをした。

「ふふ、ご主人様と一緒に狩りです♪」

俺とコテージを出発してから終始ご機嫌で、シェラは森の獲物を鮮やかな手並みで次々に仕留めていく。

さらに、次々と食べられる野草を見つけては、流れるようにどんどん採取用の籠に入れていく。あれ……俺の出番必要なくね？

嬉々として脅威的な成果を挙げてくれたシェラのおかげで、食材は十分以上に確保でき、調理しやすい下処理を終えた状態でアイテムボックスに保管している。

それから、リコも予想を上回る回復をみせ、普通の食事ができるまでになっていた。

「はあぁ、このお肉は初めて食べましたが、世の中にはこんなに美味しいものがあるんですね。やっぱり、冷めているご飯よりも温かいほうが美味しいです」

俺とシェラが仕留めて、調理した野生の牛に似た魔物であるワイルドブルのステーキを、優雅な手つきでナイフとフォークを使いこなし、リコは満面の笑顔で料理を食べている。

肉は素材の味を活かすために少しの塩で下ごしらえをして、時間を見つけて作っておいた醤油ベースのステーキソースを使っている。

屋敷での料理は、当初、シェラとアーナが担当し、たまに手が空いているときに俺が作ることもあった。しかし、新たな使用人たちを雇うと、料理も彼等の仕事だから、必然的に彼等に任せることになる。そのため、リックとリコの食事は、毒見を終えて冷えた料理に戻ってしまったのである。

すっかり俺達の料理に馴染んでいたリックとリコが使用人たちを説き伏せて、週に二日は俺達に料理を担当するように頼み込んできたので、俺は了承した。

リックが新たに雇った料理長から料理対決を挑まれた一幕があったが、それも円満に解決した。

その件で料理長達と俺達は仲良くなり、いくつか俺はレシピを料理長に提供し、協力して研究する間柄になっている。

リコもアーナ同様に順応が早く、体力回復用に用意していた——味付けは薄いが栄養価は高いスープの出番は結局なかった。

「はっ、ん……ご主人様、お加減はいかがですか？」

浴室の床に敷いた低反発マットの上に横たわる全裸の俺の体に、十分に泡立てたボディーソープを自分の体に塗った裸のシェラが奉仕している。

「ああ、とても気持ちいいよ、シェラ」

俺は奉仕してくれるお返しにシェラの髪を梳いて、頭を撫でた。すると、シェラは嬉しそうに破顔して、俺の体を洗う奉仕を再開した。

引き締まった部分と女性特有の丸み、吸い付くようなシェラのきめこまやかな肌の質感が、俺を徐々に昂ぶらせていく。

「あっ、……失礼します……ん…ちゅっ……ちゅっ」

ほどなくして隆起した俺の肉竿に気がついたシェラは、俺に確認を取ってから、俺の分身を豊かな褐色の谷間に導いていった。

シェラの豊胸に包まれて、俺の不完全な肉棒は辛うじて亀頭が顔をみせる。

その肉棒の先端をシェラは伸ばした舌で何度も何度も小突いて刺激をする。

その刺激でさらに興奮し、俺の肉槍が硬く大きくなったところでシェラは、穂先に愛しげに口付けを重ねてきた。膣内とは異なる快感をもたらすシェラの褐色の乳峰の質感とシェラの甘い匂い、献身的なシェラの奉仕で腰奥から快感が湧きあがってくるのを俺は感じる。

「シェラ、もうすぐ出すぞ！」

「ふぁい、どうぞご遠慮なく、いつでもお出しください……」

俺の言葉にそう返答したシェラは、完全に勃起した俺のペニスの先端を口に含み、竿の部分を扱く乳房の動きを速めていく。

何度も肌を重ねたことによって、俺はシェラの感じるところを見つけた。しかし、それは、シェラにも言えることで、シェラは自分の胸の谷間に挟んでいる俺の息子の弱点を熟知するに至っている。

「出すぞ！」

「っ！……んく、んく、んく……♥」

シェラの体温と柔らかい胸に包まれる快感のなか、俺がザーメンを放出する直前に、シェラは肉槍の穂先を一気に口内に迎え入れる。そして、流れ出てくる俺の白濁液を一滴も溢すまいと、喉を鳴らして微塵の躊躇いもなくシェラは嚥下した。

「……お待たせいたしました。お湯で洗い流しますね」

脱水症状対策のために用意した水で口内を濯いで飲み込んだシェラは、自分の唾液と俺の先走り、泡立ったボディーソープで濡れた体を洗い流した。

「シェラ、ここに横になれ」

「……はい」

湯以外の液体を股間から滴らせているシェラへ、俺と入れ替わりで、マットの上に横たわるように、俺は命じた。

それにシェラは抗うことなく従って、その見事な肢体を俺の目の前に無防備に横たえる。

完全にシェラがマットの上に横たわってから、俺は恥蜜をたらしているシェラの股間に顔を埋めた。

そして、おもむろに魅惑のクレバスに舌を這わせて、シェラの蜜を舐めとる。

「あっ……んん……」

快感に震えるシェラの腰を抑えて、愛液を溢れ出す肉貝を開き、俺は肥大して鞘から出たシェラの宝珠に吸い付く。

そして、舌先でクリトリスを転がし、先ほどの奉仕のお礼に、シェラの大きくなった豆を舌で繰り返し俺は小突いて、頃合を見て再び舌で転がしながら吸った。

「あ、あ、あ、あ、あ、あああああああ！♥♥」

俺の愛撫にシェラはつま先をピンと伸ばして激しく絶頂する。また、シェラの蜜壷からはドロっと粘度の高い愛液が溢れ出し、さらに潮を噴出した。

そのどちらも堪能してから俺は、舌を蜜が湧き出ているシェラの膣内に入れていく。

可能な限り、舌を伸ばしながら、シェラの肉襞を刺激して、反応の異なる部分がないか調べる。

残念ながら、舌で届く範囲には見つからなかったので、俺は舌ではなく右手の指で愛撫しながら、探ることにした。

「ご主人様……んっ……」

潤んだ瞳を向けてくるシェラの望みを察した俺は、シェラの唇に自分の唇を重ね、シェラと舌を絡めあう。

目を細めるシェラの口内に舌を伝って唾液を流し込み、シェラに俺の唾液を飲み下させる。

蕩けた瞳になったシェラの口から俺は唇を離し、そのままシェラの右乳首を口に含んで、軽く歯で挟み、甘噛みをし、舌先で転がす。

空いている左手はシェラの体の下を通して、もう一つのメロンのように豊かなシェラの左の胸を揉みしだいている。

穏やかな快感をシェラに与えているさなか、不意に右手の指先に他とは違う感触が伝わってきたので、俺はそこを重点的に攻める。

「え？　そ、そこは、あっ、あっ♥　ああああああん！♥♥」

どうやら、シェラのGスポ○トを俺は発見できたようだ。

二度目の絶頂に体を激しく震わせるシェラが落ち着くのを十分に見計らって、俺はシェラと一緒に湯船に浸かることにした。

「あっ♥　んんん……♥」

嬌声をあげながら、ズブズブと俺の剛直を胎内に迎え入れるシェラ。シェラの肉襞の一つ一つが俺の肉槍を歓迎して、穂先を擦ってお互いに快感を与え合う。

やがて、俺の先端が、シェラの最奥の行き止まりにぶつかった。

俺とシェラは浴槽の中で対面座位の形で深く繋がっている。シェラは俺の首の後ろに両手を回し、俺はシェラの背中に両腕を回してシェラを抱きしめている。

俺の胸板で潰れるシェラの胸とコリッとした乳首の感触も俺に快感を与えてくる。

お互い激しい律動はしないで繋がったままだ。しかし、シェラの膣内は俺の肉竿を優しく甘噛むように締め付けながら刺激して、肉襞が陰茎のくびれ部分を擦る。

再び腰の奥から、快感が湧き上がってくるのを俺は感じた。

「ご主人様♥……いつでもわたしの中にお情けをください♥」

シェラは快感に蕩けた瞳で笑顔を浮かべ、そう告げた。俺は返答代わりに密着したまま、シェラの子宮口を断続的に、それまでの静止と一転して激しく俺は突き上げ、シェラの左の耳たぶを俺は甘噛みした。

「〜〜〜ッ♥！……」

途端にシェラは絶頂を迎えて、激しく痙攣（けいれん）する。

「出すぞ！　シェラ!!」

一際強く腰を打ちつけて、シェラの子宮口に俺の亀頭の鈴口をゼロ距離で完全に密着させた。

それから、俺の白い劣情をシェラの子を宿すための聖域の中に溢れて逆流してくるほど解き放った。

一滴残さず搾り取ろうとするシェラの膣内の蠢動（しゅんどう）を感じながら、シェラと俺は唇を重ね合わせ、お互いの心臓の鼓動を感じながら行為の余韻に浸った。

「ではこれよりダンジョンの作成を始める。初めて見ると驚くかもしれないが、作業が一段落すれば安全だから、慌てないでくれ」

「『かしこまりました』」

「わかりました」

「【ダンジョンクリエイト】起動」

コマンドワードの宣言とともに、俺の視界の空中にウィンドウが開き、選択肢が表示された。

▼ダンジョンクリエイトを本当に開始しますか？
↓　いいえ
　　はい

俺は選択の印を「はい」に合わせて決定する。

すると、選択肢のウィンドウは閉じ、俺達は異次元空間にある一室、ダンジョンの『マスタールーム』にされる。

転移した。そして、新たに先ほどのものより小さい複数のウィンドウが俺を囲むようにいくつも空中に表示される。

さらに、アームチェアが出現し、それに腰を下ろした俺の目の前に、向こうの世界で見慣れていたPCのキーボードが現れ、アームチェアの一部が延長し、トラックボールマウスが置かれた。

ウィンドウに表示されている画面は『ダンジョン・シード』で見慣れているダンジョン作成時の画面だ。

以前ガイアスに確認したとおり、俺が過去に作ったダンジョンのデータがテンプレートとしてサブウィンドウに表示され、一つの欠けもなくきちんと保管されていた。

シェラたちが突然現れた見慣れぬ光景に驚いて声を失っている中、俺は慣れた淀みない手つきで、これから造るダンジョンに必要不可欠なテンプレートを選択し、俺の目的と現状に沿う形へと手を加えて、適合するようにカスタマイズしていく。

現状では、人手が圧倒的に不足していることから、使用階層を現段階で可能な最大の五ではなく、地上一層、地下一層に設定し、基盤は［神殿タイプ］を選択した。

まず、このダンジョンの心臓部となる『マスタールーム』は地下一階に配置。続いて、俺とシェラ達の部屋といくつか空き部屋を造る。俺専用の〝後宮区域〟だ。

各部屋には、寝室と無臭でスペースを節約できるスライム式トイレ、風呂場、ウォークインクローゼットを完備。その他の要望は個別に聴取して追加することにした。

リコには薬草や魔術関連の本を保管する書庫と、薬草と薬品の保管庫を用意しよう。

次に、大食堂と広い厨房。入浴施設として――ダンジョン内だが、屋外を思わせる広い露天風呂と複数のシャワーとサウナ、水風呂付きの大浴場。

大人数で眠れるベッドがあるプレイルームと、茶会を開ける談話室。各部屋と各区域を結び、体力と魔力を完全回復させる『癒しの泉』を設置している大広間も造った。

それから、ウェストシュバーンに設置してきた【転移門】と繋がる【転移門】を置く、転移用の大部屋を造った。

エルドリアや各地に繋がる【転移門】は今後、配下に設置させる予定だ。

現在【転移門】を利用できる者の設定は、俺とシェラ、アーナ、リコの四人だけ。俺はこの階層に俺以外の男を入れるつもりはない。信頼できるリックであってもだ。

当然、利用可能者の設定がされていても、俺の〝承認〟が下りない限りはここの【転移門】は使えない。

後は追々作ることにして、ひとまずここの階層はこれで一区切りだ。

ダンジョンマスターが造ったダンジョンにいる限り、ダンジョンの中にいるマスターに認められた者はダンジョンマスター専用のマスターコマンドで『マスタールーム』に入室できる。

しかし、ダンジョンを攻略しようとする侵入者達は、『マスタールーム』にあるコアを破壊するか、コアの書き換えを行わなければならない。

俺が造ったこのダンジョンでは、俺の私室に設けた隠し通路の先にある更なる隠し通路を使わないと、『マスタールーム』に到達できない仕組みにした。

面倒だがダンジョンの仕様上、完全に密室にすることはできず、なにがしかの『マスタールーム』への到達手段を設定する必要があるのだ。

それから、俺の私室にもう一つの隠し通路を作った。隠し通路が続いている先は、俺が捕らえた女を調教し、籠絡するための独房区域だ。

防音などはしているが、できるだけシェラ達の部屋からは遠い位置に設置しつつ、大食堂から食事を調達できるようにしている。

各部屋にいろいろな仕掛けを用意したので、それらを使う日が来るのがとても楽しみだ。

『マスタールーム』と後宮のある階層の上——一階部分にこのダンジョンの要となる『神殿』を作成。

休憩を挟みつつ、俺はダンジョンの作成作業を進め、シェラ達の担当する区域も決めて、ひとまずこの世界に来てから最初に造った神殿型ダンジョン——〝大地神の聖域(ガイアスサンクチュアリ)〟の第一段階が完成した。

これから拡張を重ねていき、もっと様々な階層と設備を追加していく予定だ。

階層と設備の設置にはダンジョンポイントが必要だ。『ダンジョン・シード』のカンストデータを引継げたとはいえ、今回でかなりの量を消費してしまった。

ダンジョンポイントを補給する方法は多岐に渡るが、いくつか目処が立っているので、今は後回しだ。

多少のトラブルはあったが、三流勇者のアルバートの許婚だったアルタイル辺境伯令嬢で美少女のリコも救助できた。

そして、『ダンジョン・シード』と同じ好条件の土地で、遂にこの世界で本格的な拠点となる〝俺のダンジョン〟を手に入れることができた。

ここがこの世界の俺の一つの終わりであり、新たな目標達成へ向けての始まりだ。

このままこのダンジョンを成長させていかなくとも、リコとリックに関わってしまった以上、エルサリス王国とその背後にいるユピタリス聖教と対峙することは避けられない。

そして、その尖兵となる、エルサリス王国軍。

あの勇者（笑）のアルバートとエルサリス王女の魔術姫アリシア、姫騎士のリーナ、脳筋女僧侶のユリアの四人は必ず俺の前に立ち塞がるだろう。

実は、既にいくつか対エルサリス王国とユピタリス聖教の仕込みをしている。その時が来たら、万全を期して四人は生かしたまま捕らえる。

この世界では、一夫多妻は男に女を養う力があれば問題ないから、ゲームの『ダンジョン・シード』で人気を二分していた女性キャラクターであるアリシアとリーナは絶対手に入れて籠絡し、俺の情婦にする。

ユリアはおまけだが、アルバートに地獄を見せるために一役買ってもらう。

ゲームのときには語られなかったり、異なる過去があの四人にあることはパーティーを組んだときに掴んでいるから、それも踏まえて追い込んでやる。

「ふう……」

ひとしきりこれからのことに思いを馳せたところで、無意識にため息をついてしまった。

「お疲れ様です。ご主人様」

そう言ってシェラが傍に歩み寄って、淹れたてのミルクティーが入ったティーカップを差し出してきた。

「ありがとう、シェラ……美味しいよ。ありがとう」

「いえ……ご主人様の奴隷として当然のことをしたまでです」

俺の礼の言葉に褒められ慣れていないシェラは、その特徴的な褐色の長い耳まで真っ赤になっていた。

「ふわぁ〜、見たことない物が沢山ありますね。リコちゃん」

「そうね。あっ！　旦那様、この建物の中には植物を育てる場所があるのですか!?」

好奇心いっぱいに『マスタールーム』内に表示させているマルチディスプレイを見渡しているアーナと、ダンジョン内を映し出しているディスプレイに、薬草を栽培するために作ったエリアを見つけたリコは瞳を輝かせていた。

「みんなには一部屋ずつ私室を割り当てる。それとは別に外敵が攻めてきたときの迎撃エリアの担当、他にも生産施設なども割り振る……この世界一の街と難攻不落のダンジョンを目指して造り上げるぞ」

「「「はい！」」」

俺の言葉に快活に即答してくれる三人。

長い銀髪と褐色肌の巨乳で見目麗しいダークエルフの魔狼騎士であり、俺の最初の奴隷であるシェラ。

長いウサ耳と小柄な体格のロリ巨乳が特徴的な兎獣人のハーフで武装メイドであり、二番目の奴隷であるアーナ。

勇者アルバートの許婚だったが、淫魔の血の影響か時々妖艶な治癒師であり、アルタイル辺境伯令嬢で俺の婚約者であるリコ。

この世界で彼女達と歩む俺の新たな人生は始まったばかりだ。

彼女達との性生活はもちろん、俺を馬鹿にした身の程知らずな勇者とは名ばかりのアルバートを徹底的に倒すことと、これから籠絡することになるエルサリス王国の美姫であるアリシアと姫騎士のリーナの痴態を思い浮かべて、俺の口角は自然とつり上がった。

……To be continued.

あとがき

私、住須譲治の処女作「転生隠者はほくそ笑む」を御手にとっていただきありがとうございました。

本書は「ノクターンズノベルズ」にて投稿している同名作品（以下、Ｗｅｂ版）の修正版であり、諸々の理由でＷｅｂ版から削除したエピソードを調整加筆し、逢魔刻壱様の素晴らしい挿絵を追加した謂わば「転生隠者はほくそ笑む」の「完全版」です。


一巻にあたる本書では主人公、カノンが異世界に前世でやりこんでいたゲームのプレイヤーキャラを元にした存在へ転生し、生活拠点とするダンジョンを造り出したところで閉幕となっております。しかし、Ｗｅｂ版同様、まだまだこのカノンの物語りは始まったばかりです。

次巻では心強い仲間も加わっていき、物語はカノンが知るゲーム『ダンジョン・シード』と『ヴァルキュリア・クロニクル』のシナリオから大きく逸脱していきます。アリシアとリーナ、ユリアに関しては二巻以降で活躍予定となっています。


閑話休題、ここでは主にヒロインの誕生秘話、本編では語ることのないだろう設定をお伝えしようと思います。

まず、メインヒロインの一人、ダークエルフのシェラこと、シェヘラ・ザードです。最初の正規のパーティーメンバーで仲間になるキャラの種族にはいくつか候補があり、ハイエルフ・戦乙女・ダークエルフのいずれかに決めていました。前者二つは類似作品で多く見受けたので、それらとの差異を出すために、褐色の肌が魅力的な巨乳ダークエルフに決定しました。

名前の元ネタは『千夜一夜物語』の語り手である王妃様からです。他にも名前の候補はありましたが、キャラの性格に対して、一番違和感がなかったのと、元ネタの良妻賢母性にあやかって決めました。

シェラの職のフェンリルナイト（魔狼騎士）に関しては、名作アクションＲＰＧ『○剣○説３』の人気キャラ、リースの闇クラスの最終形態の一つからです。名前だけのクラスではなく、クラス特性が出る活躍場面も用意しています。

ビジュアルイメージは、ほぼテンプレとなっている褐色肌に映える銀髪ロングポニーテールは揺るがず。仲間になる展開も初期プロットから決まっていました。

カノンの補佐役から立ち位置が秘書とメイドの二択になり、世界観からダークエルフのメイドさんへと決まって、普段着はメイド服にすんなり決定しました。

実は、一番困ったのが戦闘衣装です。フェンリルナイトのイメージから露出高めの方針はあれど、ビキニアーマーかレオタードタイプにするかでなかなか決まらず。結局、元ネタのキャラライメージから離れるためにビキニタイプを没に。

逢魔刻壱様にサンプルイメージを渡して、お願いしたところ、表紙を飾る素晴らしいデザインに仕上げていただきました。

次に、ヒロインの一人のアーナです。本名のアーナリア・フォン・サイサリシア・ヴェガの後半、サイサリシアは花の鬼灯のサイサリスの変形、ヴェガは夏の大三角、琴座からとってます。そして、元エルサリス王国の貴族の子女だったので名前に〝フォン〟が付いています。

初期プロットでは、オークションで売られて、フェードアウトしていく脇役でした。しかし、そのままではすぐにアルタイル辺境伯領までカノンとシェラの二人旅で、蛮族相手に二人で無双するのもそれはそれで面白いのですが、話として単調になってしまうので、ブタ貴族を成敗してアーナをパーティーメンバーに加える流れにしました。

モチーフであるネザーランドドワーフという兎の特徴から、アーナはロリ巨乳キャラに即決。併せて、言動に幼さを残しましたが、頭は悪くありません。

モチーフが兎ということもあって、兎の習性の一つである食＊を設定に加え、ス○トロシーンを入れるという案がありました。しかし、極めてニッチなため、この案はお蔵入りになりました。

最後に、まず、私の妄想と文字表現のなかだけの存在だった、カノンやシェラ、アリシア達を私が思い描いていたものよりも遥かに魅力的なキャラクターとして描いてくださった逢魔刻壱様、ありがとうございました。

次に、文章として読みづらく、拙い拙作を書籍化するお話を持ってきてくださったばかりか、書籍化にあたって、多くのアドバイスをくださいました一二三書房のS様、厚く御礼申し上げます。

また、Ｗｅｂ版から拙作を応援くださっている方々、皆様のおかげで書籍という形にできました。ありがとうございます。
そして、この本を御手に取ってくださったあなたに感謝を。願わくば、次巻でまたお会いしましょう。

住須譲治

カノン

人族／20歳（転生前は35歳）／職業　隠者（ハーミット）／召喚師など多数

転生前は大卒でブラック企業に就職し、真面目に勤務して業務成績は上位だった。死因は過労死。オーバーワークが祟って死んでしまうが、本人は転生の際に前世の記憶の一部(仕事や家族関連)を失っている。前世を社畜人生で終えてしまったため、今生では欲望に忠実に生きることにしており、目下『ダンジョン・シード』と『ヴァルキュリア・クロニクル』の美女たちはもとより、気に入った女性でハーレムを作り、ラクして人生を楽しむことを目標にしている。

シェヘラ・ザード

闇妖精（ダークエルフ）
18歳　身長：167cm　体重：57kg　B：96 W：63 H：94.5
職業　メイド／魔狼騎士（フェンリルナイト）

ダークエルフの名門、魔狼騎士の一族を統べるザード家の一員として生を受ける。戦士としても、武人としても優秀で文武両道の才女として育つ。エルサリス王国の侵攻作戦による住んでいる集落の防衛戦で、王国の卑怯な罠により味方と分断、孤立させられて奮闘むなしく奴隷としてオークションにかけられる。真面目で実直。一途な性格で、一目惚れしたカノンに尽くす。

アーナリア・フォン・サイサリシア・ヴェガ

ネザーランドドワーフラビット族（人族とのハーフ）
14歳　身長：150cm　体重：50kg　B：86 W：55 H：84
職業　メイド／斥候（スカウト）

公爵（父）の娘として生まれたが、早くに母を亡くし、他家の謀略で領地をとりあげられてしまい王都へ移住することになる。幼少から貴族教育に加え、教育係の方針でメイドの仕事も勉強をする。借金で奴隷落ちした後、ブタ貴族にオークションで買われる。貞操の危機をカノンに救われる。パーティーのマスコット兼調理担当。

リコ・フォン・アルタイル

人族（淫魔の先祖返り）
14歳　身長：158cm　体重：54kg　B：88 W：58 H：85
職業　治癒師（ヒーラー）／騎士

辺境伯の父と王女であった母の恋愛結婚の果てに生まれる。他種族と人族との間では出生率が極めて低い先祖返り。種族差別がない土地柄で領民から愛されて、幼馴染のアルバート兄妹と共に育つ。きちんとした貴族教育を履修している。天真爛漫かつ健気で頑張り屋。淫魔の人格が表に出ているときは妖艶かつ淫蕩。

アリシア・リリィ・フォン・エルサリス

人族
15歳　身長：160cm　体重：54kg　B：94 W：59 H：86
職業　プリンセス／魔術師（ソーサラー）

エルサリス国王の実子として生を受ける。王族としての教育とユピタリス聖教の教えを受けるが、王侯貴族の義務と聖教の教えの矛盾に気づき、不当に差別をする聖教に疑問を持つようになる。外見に違わずお淑やかで優しい性格をしており、獣人や亜人達への偏見がない。リーナとは遠縁で幼馴染であり、本音で言い合える親友の間柄。

リーナ・フォン・ゼファー

人族
18歳　身長：165cm　体重：56kg　B：90 W：61 H：89
職業　姫騎士／公爵令嬢

肥沃な穀倉地帯をもつゼファー公爵家の息女として生まれる。母親は彼女が幼少時に流行り病で亡くなったことになっているが、その実、公爵を危険視したユピタリス聖教の暗殺工作。母を失ったことを心配した公爵の配慮で王城に預けられ、アリシアと姉妹の様に育つ。生真面目な女騎士であり、剣の実力は勇者であるアルバートを凌ぐ。

ガイアス

神族
年齢不明　身長：168 センチ、体重：58 キロ、B：98 W：64 H：94
職業　大地（と混沌）の女神

根本は舞台となる世界ができる以前から存在する高次元生命体。生命の善意を信じて極力介入しないようにしていたがユピタリスの暴挙によってこの世界に干渉する力を奪われてしまう。奇跡的に得られた『ダンジョン・シード』から流れてくるダンジョンなどの情報を流用してユピタリスの侵略に抵抗。僅かではあったが存在維持に成功する。

ユリア・フォン・デアデヴォ

人族
14 歳　身長：151 センチ、体重：51 キロ、B：75 W：55 H：78
職業　僧侶（見習い）

デアデヴォ男爵夫妻の第２子として生まれる。冒険者となった兄の役に立つために回復術を使える僧侶の道を志す。しかし、聖教上層部の思惑で回復魔術が使えないのは素質がないからと周囲に言われ続け、習得を諦める。替わりにメイスを使った棍棒術を修めた。極度のブラコン。盲目的に兄アルバートを信じている。

アルバート・フォン・デアデヴォ

人族／ 19 歳／職業　勇者

デアデヴォ男爵と政略結婚で結ばれた敬虔なユピタリス聖教の神官である母の間に生まれる。法衣貴族である父によりゆくゆくは王都の学園に入学する予定であったが学力が足らず、落第してしまう。後ろ盾となるはずの父も失い、リックを頼ってアルタイル辺境伯領に移住する。リックから家庭教師をつけられていたが、勉強の時間は妹とともに逃げていた。

リック・フォン・アルタイル

人族／ 32 歳／職業　アルタイル辺境伯騎士卿→暗黒卿

アルタイル辺境伯家の嫡男として生を受け、努力を怠らず成長する。王国の中央を知るために王都の学園に入学。学園での成績は優秀でアイリーンと同率で１位だったが、身分と生まれから２位に落とされる。卒業後は惜しまれつつも故郷に帰り、父の伝手で騎士団の任務に就いていた。後にアイリーンがリックとアルタイル辺境伯領に興味をもち、結ばれる。

アイリーン・フォン・アルタイル

人族（故人）
享年 22 歳　身長：165 センチ、体重：55 キロ、B：96 W：61 H：90
職業　治癒師 / 錬金術師（死亡時）

先代のエルサリス国王の正室を母とする第一王女として生まれる。万事において腹違いの兄（母は側室）を上回る才覚、カリスマ持ち、重臣の多くから男でなかったことが悔やまれていた。勉学も優秀で、王都の学園の初等部から首席を取り続けていたが、高等部でリックに初めて首席の座を奪われる。学園はリックに次ぐ次席で卒業。卒業後は治癒術と魔術を使わずに人を癒す薬草学を修める。

ガーランド

人族／ 48 歳／職業　冒険者ギルドエルサリス王国本部　ギルド長

旧ヴェガ公爵領出身のＳランク冒険者。生まれは寒村の村長家の３男で魔物の襲撃で村が襲われた際に駆けつけたアーナの父に助けられ、槍の腕を認められて仕官する。アーナの父が領地を剥奪された際に冒険者となる。緊急の案件がない場合はギルド長室で書類仕事をしているか、ギルドの真ん中の受付窓口に座っている。

ゲームシステム

❖ヴァルキュリア・クロニクル

現実世界《地球》でプレイされている大人気のＶＲＭＭＯＲＰＧ。味覚と嗅覚以外の五感を再現した仮想現実世界を仲間と共に冒険する。グランドクエストの目的は邪神《ガイアス》討伐であるが、カノンが転生したときには三章までしか実装されてなく、最終シナリオは未実装。

神《ユピタリス》に選ばれた英雄であるプレイヤーたちがときに対立し、ときに協力しあって邪神から世界を護ることをテーマにしている。自由度が高く、戦闘職だけでなく、生産職も存在している。パーティープレイ推奨で複数のパーティーの集合体である「クラン」同士の共闘でクリアできる高レベルダンジョンやクエストが存在している。

また、クラン同士の対決を行うイベントクエストが時々発生している。舞台は『ダンジョン・シード』のトゥルーエンディングの五〇年後の世界であり、本編の登場人物たちの辿る可能性の未来の一つをフレイバーテキストで随所で知ることができる。

職業と魔術の種類に関しては『ダンジョン・シード』よりも多いが、食糧関係のアイテムの作成と武器・防具の種類に関しては少ない。

開発者達は『ダンジョン・シード』を意識してこのゲームを造った訳ではない。

❖ダンジョン・シード

大地の神ガイアスの神託を受け、力の一部を授けられたプレイヤーが与えられた土地にダンジョンを作り、狂った龍脈を正常化し、荒廃した土地を活性化させるダンジョン育成ＲＰＧ。対象ハードはＰＣのみ。

周回プレイを前提としたやりこみ要素が随所にあり、難易度の高さからライトユーザーにはクソゲー呼ばわりされ、ヘヴィユーザーには神ゲーと賞賛された。

ゲームオーバーやエンディングを迎えたキャラクターの所持金、レベル、アイテムなどのデータは次回以降のプレイに持ち越し可能。作成したダンジョンの設定データはテンプレートとしてハードディスクが許す限りストックできる。

但し、データを不正に編集しようとするとＰＣが原因不明のクラッシュをするのでその手の職人に恐れられている。

主人公キャラクターはプレイヤーが種族と性別、職業を選択でき、選択した組み合わせによってゲームの難易度と発生するイベントが大幅に変化する。

主人公が死亡した時点ではプレイヤー同士のダンジョンをインターネットを使って探索・対戦できる追加機能が開発中だった。

国家

❖エルサリス王国

舞台となる大陸中央やや南の平野に位置している人族が中心と

なって、ユピタリス聖教を国教としている王国。領地面積はイスタリア連邦に次ぐ世界2位。

先代までは宗教に関しては寛容でガイアス教の布教も認め、亜人の虐待などは禁止していたが、現国王は亜人は人族に従うものとして積極的にイスタリア連邦王国に派兵してガイアス教を弾圧している。

超国家機関である冒険者ギルドの支部が各貴族領内と王都にある。

❖イスタリア連邦王国

人族中心のエルサリス王国よりもその歴史が古い多種族国家。以前、王位は禅譲などで譲位されていた。

国は総じて実力主義だったが、今では保守的になっており、王位も世襲になりつつある。

ガイアス教を国教にしているが、その内部は完全に腐敗し、真に信仰に身を捧げている敬虔な信徒は市井の教会に左遷されている。

人口に関してはこの世界第一位であり、人族を含め数多くの種族がひしめいているが、それは同時に利害での繋がりが強く、隙あらば身内から大王を出そうと暗闘している。

❖アルタイル辺境伯領

大陸の北西に位置しており、北にはドルテア部族国の領地であるドルテア連峰が連なっている。ゼファー公爵領からの輸入で食糧供給の大半が賄われている。

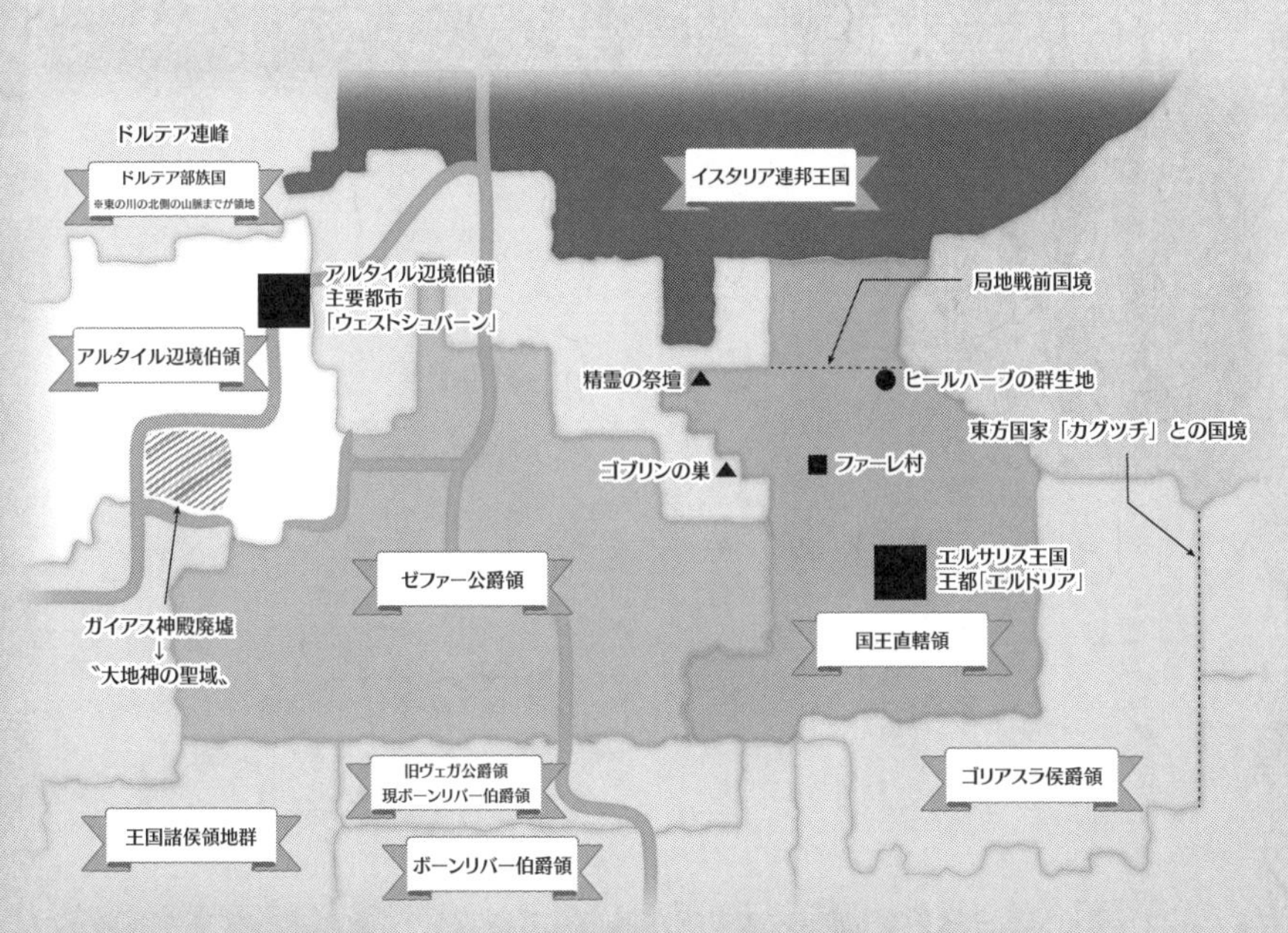

王国で唯一亜人奴隷（犯罪奴隷を除く）を労働力にしていない領地。王国随一の薬草の産地であり、薬品の研究が他領よりも発展している。

　王家から降嫁してきた今は亡きアイリーンの功績で量、質ともに王国一。領民の大半は亜人との混血で、その血は長年の交配で限りなく薄くなっているが他領の王国民からは蔑まれている傾向にある。

❖ドルテア部族国

人喰い鬼（オーガ）とそれに攫われた女性との間にできた子の子孫たちで構成される、アルタイル辺境伯領北に連なる山脈一帯を領地とする蛮族国家。

　その歴史は、古くはエルサリス王国以前から存在し、一時期は一大勢力としてイスタリア連邦王国と激しく対立していた。

　エルサリス王国建国後、アルタイル辺境伯に押し込められ、次第に弱体化、人口も激減する。力を是とする文化であるが、ガイアス教を国教としていて国民の信仰心は厚い。

❖東方国家カグツチ

　エルサリス王国の東方、ゴリアスラ侯爵領に隣接している小国。日本の室町、戦国時代に似た文化を持つ国で国民の主食は米。

種族

❖大地神ガイアス

　この世界に登場するガイアスは別次元に存在する高位の精神存在である〝ガイアス〟の分体で、物語の舞台となる世界を含め、その幾億ある並行世界を管理している超常存在。試験的に『ダンジョン・シード』と『ヴァルキュリア・クロニクル』の世界、地球の文化を取り入れて世界の発展を観測していた。

　しかし、別世界を管理しているユピタリスが一時的に管理権限を強奪してガイアスの権利を侵害。自分のために世界を荒らしたため、その地点から分岐して派生した多くの並行世界が滅亡を迎えてしまう。

❖人族

　現実世界の人間に該当するのはこの世界では一般に人族と言われている。

　この世界の人族は全員魔力を持ち、基本的に魔術が使えるが、中には適性などの要因で魔術が使えない者も存在している。

　王国では魔術が使えない人物は蔑視されるが、連邦では他の能力に秀でていれば蔑視されない。

❖闇妖精（ダークエルフ）

　闇の魔力、ガイアスの加護を最も受ける種族。彼等の肌がガイアスと同じ褐色なのはその影響。エルフとの仲は悪くはなく、お互いに切磋琢磨するライバル関係に近い。
エルフよりも身体能力に優れ、弓のみならず近接戦闘もこなせて魔力の質と量も高い。男女ともに容姿が優れているため、奴隷としては高額で取引されている。

❖ネザーランドドワーフラビット族
兎系獣人の一種。男女ともに成人しても全員小柄。長い耳は立っている。獣人であるが故に魔術適性は高くない。腕力も低いが、聴覚と嗅覚、気配察知と脚力に優れている者が多い。
総じて、男性は穏やかな性格の者が多く、女性は気が強い者が多い。肉体の成長は早熟の傾向がある。

❖淫魔（サキュバス・インキュバス）
【性魔術】の「吸精」で他種族から精気を吸収して糧とする魔族。
魔術回路は容量と制御系に特化しており、非常時には魔力を精気代わりにして活動することが可能。
人族よりも身体能力が高いため、精気が枯渇しない限り素手で人を引き裂くことができる。

❖人喰い鬼（オーガ）
素手で人族の体を裂くことができる腕力をもつ。主食は人肉であり、若者、特に若い女性の肉を好んで食べる傾向がある。
知能は高くはなく、殺戮衝動や性欲、食欲などに忠実に従う。
人喰い鬼の女性種は希少。

❖魔族
悪魔とも呼ばれる人の負の情念などを糧にする種族で人族を遥かに凌駕する能力をもっている。
魔術回路は人族より遥かに高性能で、容量は子供で人族の上位と同等。闇属性の回復魔術でなければ怪我の治療は効果が薄い。

職業《クラス》

❖戦士（ファイター）
戦士系基本職。一通りの武器が使えるため、駆け出しの冒険者の大半がこの職業を選んでいる。
筋力と体力に優れている。その反面、魔術に関しては全く当てにならない上に魔術に対する耐性も高くない。武技（スキルアーツ）を覚えることで強力な攻撃が可能になる。

❖魔術師（ソーサラー）
魔術師系基本職。魔術の素養のある貴族や一部の平民などが選ぶ職業。
物理防御の影響を受けない魔術の扱いに長けている反面、筋力と体力は著しく低く、打たれ弱い。
基本的に体力がないため、鎧を装備できない。一般的に魔術は発動に必要な詠唱に時間がかかるため接近されると弱い。

❖**僧侶（プリースト）**

僧侶系基本職。回復魔術が使える。戒律により、刃物を装備できない代わりに戦槌を武器として装備する。

魔術師よりも体力はある。しかし、鎧は装備できないので防御に難あり。戦槌を装備できるが筋力は戦士に劣るので、低レベル時は打撃戦力としてはイマイチ。

❖**隠者（ハーミット）**

魔術師系秘匿職。全魔術の行使が可能。ダンジョン作成と運営に補正とボーナスが付く。斥候系以上の【隠蔽】、【擬装】、【認識障害】を覚える。筋力と体力は通常であれば並以下。

❖**魔狼騎士（フェンリルナイト）**

槍を得意武器とする騎兵系特殊職。職補正で素早さに相当する戦速と筋力と体力に補正がかかり、相棒の魔狼に【騎乗】することで大幅に全能力が向上する。

相棒の魔狼は育成する必要がある。成長することで【騎乗】のほかに一定時間魔術行使ができなくなる代わりにステータスを大幅に上昇させる【憑依】を覚える。

レベルをカンスト（マスター）するとボーナスで槍の武技を使った際に威力と攻撃範囲が上昇する。

❖**勇者**

ＸＸＸ系特殊職。称号の側面の強い特殊なクラス。特殊装備（聖剣など）が装備できるようになる。

ＸＸＸには変更前のクラスの系統（戦士など）が入る。大器晩成型のクラスであるため、低レベル時は貧弱。高レベルになると前クラスの得意分野が突出し、他は全体的に他職より高くなる。

このクラスに変わると前のクラスの特性を引き継いだうえで、大幅な成長補正がかかる。

SHINGYO GAKU
シンギョウ ガク
Illustration by アサヒナヒカゲ

ノクターンノベルズ驚異の2200万PV!
底辺無職が異世界で職(ジョブ)をゲット!

失業中で暇を持てあましていた元サラリーマン堀川健人(35)。本当は就活をしないといけないのだが、家はあるし貯金もある程度ある。そこで「大人の休日」を取りネトゲをすることにした。ネットを検索すると『ハンターライフ』という枯れたネトゲが目についたので、ネタ半分に画面の指示通りキャラを作りゲームをスタートしたとたん、なんと、異世界へ召喚されていた。そこはゲームのような不思議な世界。しかも、ネタで作ったキャラのため、戦闘ジョブ:なし、一般ジョブ:なし、戦闘スキル:なし、とひ弱なキャラになっていた。補正スキルを駆使して、堀川健人ことケントは、この世界で生き延びることができるだろうか?

|サイズ:四六判|312頁|価格:本体1,200円+税|

俺が聖女たちを奴隷にしながら魔王を目指す話

1

黒水蛇 Kuromizuhebi

illustration by 誉

俺を魔王にしてみせろ!

ノクターンノベルズ人気作家「黒水蛇」
新シリーズスタート!

舞台は、「精気(マナ)」と呼ばれる力に満ち、神族、人間、精霊、魔族が生きる異世界。その世界では、強き者こそが世界を支配するべきだとする魔族と、他の種族とで敵対し争いを続けていた。『弱き者に生きる価値はない』、そんな方針の魔族に弱者として育った一人の男リューシュが、ついに魔界から人界に追放されることになった。これは、彼が竜の少女との出会いをきっかけに、聖女たちを調教して快楽の奴隷にしながら魔王を目指す物語である。

| サイズ:四六版 | 272頁 | 価格:本体1,200円+税 |

転生隠者はほくそ笑む❶

2017年4月25日　初版第一刷発行

著　者　住須　譲治

発行人　長谷川　洋

編集・制作　一二三書房　編集部

発行・発売　株式会社一二三書房
〒102-0072　東京都千代田区飯田橋2-14-2　雄邦ビル
03-3265-1881

印刷所　中央精版印刷株式会社

作品の感想、ファンレターをお待ちしております。

〒102-0072　東京都千代田区飯田橋 2-14-2　雄邦ビル
株式会社一二三書房

住須　譲治　先生／逢魔　刻壱　先生

ISBN:978-4-89199-427-3